引退した
転生勇者の
まったり食堂ライフ!
KiNG novels
·MENU·
ドスケベな
ハーレムライフなんて
最高かよ!
愛内なの
illust: KaeruNoAshi

元勇者の料理人
エド・オーウェル
看板娘の聖女様
ステラ・ディークス

「ひんっ！　気持ちよくて、頭がふわふわするっ！」

横になった俺の腰の上で、シャイナさんが大きな胸を揺らしながら腰を振る。楽しそうな笑みを浮かべ、大きく息を荒げていた。

「凄いわ、さっきより硬い！

ふふっ、やっぱり三人から
奉仕されてるからかしら？」

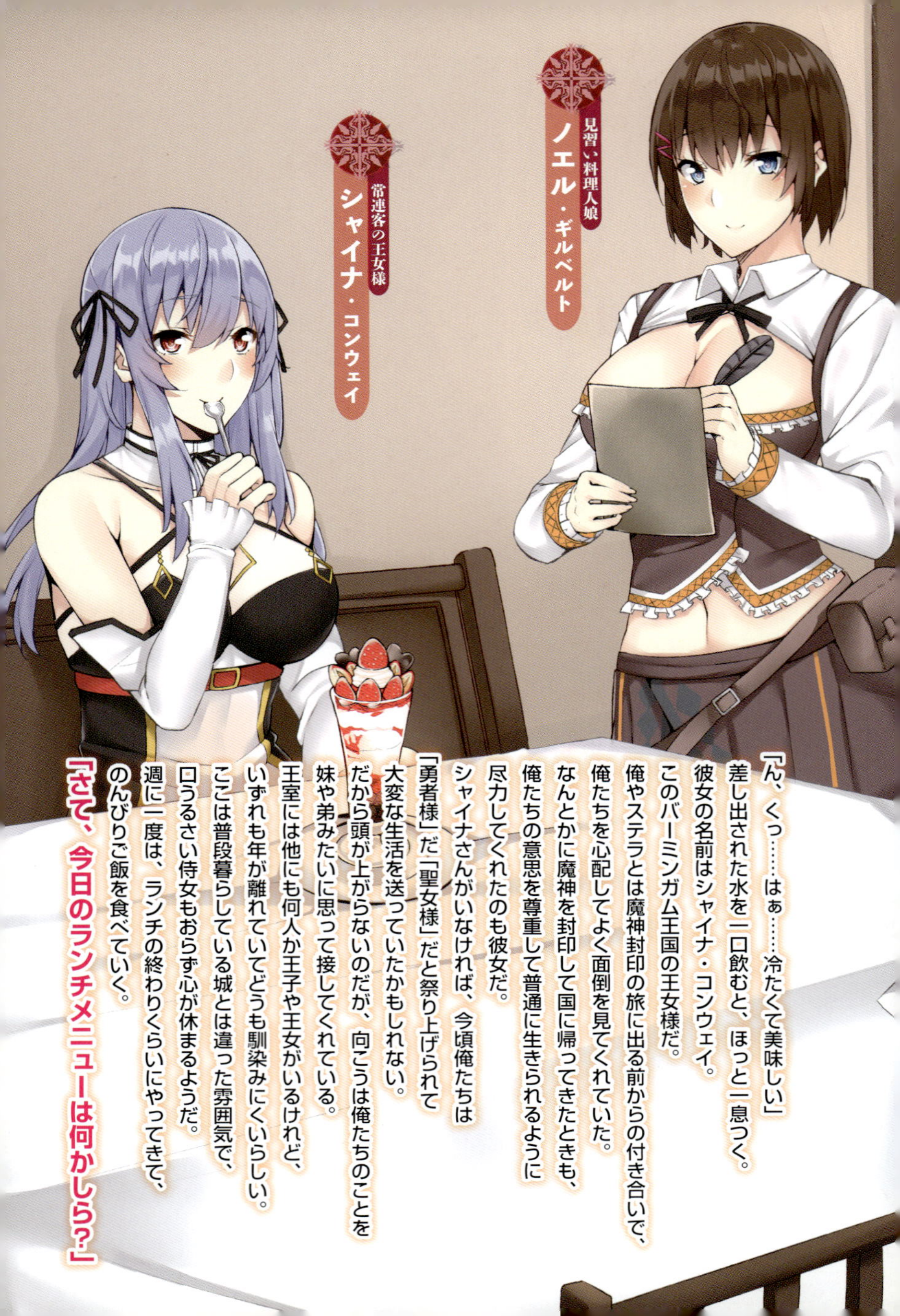

「ん、くっ……はぁ……冷たくて美味しい」
差し出された水を一口飲むと、ほっと一息つく。
彼女の名前はシャイナ・コンウェイ。
このバーミンガム王国の王女様だ。
俺やステラとは魔神封印の旅に出る前からの付き合いで、
俺たちを心配してよく面倒を見てくれていた。
なんとかに魔神を封印して国に帰ってきたときも、
俺たちの意思を尊重して普通に生きられるように
尽力してくれたのも彼女だ。
シャイナさんがいなければ、今頃俺たちは
「勇者様」だ「聖女様」だと祭り上げられて
大変な生活を送っていたかもしれない。
だから頭が上がらないのだが、向こうは俺たちのことを
妹や弟みたいに思って接してくれている。
王室には他にも何人か王子や王女がいるけれど、
いずれも年が離れていてどうも馴染みにくいらしい。
ここは普段暮らしている城とは違った雰囲気で、
口うるさい侍女もおらず心が休まるようだ。
週に一度は、ランチの終わりくらいにやってきて、
のんびりご飯を食べていく。
「さて、今日のランチメニューは何かしら？」

引退した転生勇者の
まったり食堂ライフ！
〜ドスケベなハーレムライフなんて最高かよ！〜

愛内なの
illust：KaeruNoAshi

KiNG novels

引退した転生勇者のまったり食堂ライフ！
ドスケベなハーレムライフなんて最高かよ！

contents

プロローグ　勇者と聖女のその後――3
第一章　ランダル食堂の日常――23
第二章　弟子入り志願の少女――84
第三章　王子の来訪と告白――147
第四章　力を合わせてパーティーに挑め――213
エピローグ　ランダル食堂の平穏は続く――271

プロローグ　勇者と聖女のその後

俺の名前はエド・オーウェル。

元々、地方の大学生だった俺がこの世界に転生してから、もう二十年になる。

生まれ育ったのはバーミンガム王国の辺境の村、ルアン。

俺が生まれ変わった先は、どうやら異世界だったらしい。

最初は驚いた。小説などでしか聞いたことがない展開だったからだ。

それに、元の生活への心残りもあった。

頑張ってバイトしながら通ってた大学、あとちょっとで卒業だったんだけどな。

俺は、明日の予定のことをあまり考えたくないからか、つい昔のことを思い出してしまう。

そんなとき、隣から声がかけられた。

「……エド、まだ寝ないの？　明日は山登りなのに」

声のほうへ向くと、そこには目を見張るほどの美少女が居る。

名前はステラ・ディークス。バーミンガム王国が誇る天空神の大神殿に所属する聖女だ。

元々は商人の娘だったらしいけど、素質を見出されて高等教育を受けらしい。

今では天空神の加護を受け、天使をその身に憑依させて戦うアグレッシブな聖女になっている。

基本的に聖女というのは、大神殿で大事に守られているのが普通だ。

癒しの力で人々を慰《なぐさ》める存在だから、ここに居るのはかなりイレギュラーだろう。

俺がこのステラと一緒に魔神の復活を阻止する旅に出てから、もう五年の月日が流れていた。

そう、魔神の復活だ。

「いや、なんで俺はこんなところに居るのかって思い返してたんだ」

俺たちが今居るのは、大陸北部の白竜連峰のふもと。

この連峰で一番高いエレム山の中腹に、魔神を封印した遺跡があるのだという。

「なんでって、千年前の勇者に封印された魔神が目覚めそうになったから、今代の勇者である貴方が再封印するためよ。それで、わたしはそのお供の聖女」

「まあ、それは分かってるんだけどな。いざとなって考えてみると、この俺が勇者だなんて……」

この世界に転生した俺は、最初こそなんとか順応して生きようと必死だった。幸い新しい家族は素晴らしい人たちで、父も母も俺のことを愛しており、大事に育てようとしてくれていたんだ。

ただ、この世界の環境は俺が思っていたよりもずっと厳しかった。

あるとき村で疫病が流行って、人々がバタバタと死んでいった。

俺の両親も例外ではなく、感染するとみるみる弱っていって、力尽きてしまったんだ。

現代日本からしたら劣悪な環境で、まともな薬もない状態では手の施《ほどこ》しようがなかった。

村外に逃げても生きていく糧のない状況で、どうしようもないまま故郷の村は滅びていく。

そんな中、ただひとり俺だけが疫病の魔の手から逃れていた。

訳も分からないまま、俺は周りの人間がバタバタ死んでいくのを見ていることしかできない。

俺のもとに神殿の聖女を名乗る女性がやってきたのは、悲しみに暮れて最後の村人の埋葬をしている最中だった。

どうやら疫病にさらされながらも、ひとりだけ生き残った俺のことは近くの街でも噂になっていたらしい。それを聞いた聖女が、俺を勇者かもしれないと察してやってきたのだという。

最初は何を馬鹿な話を……と思っていたんだけれど、神の加護や魔法の存在を目の当たりにして認識を改めざるを得なくなった。

どうやら俺の体には、勇者に相応しい神様からのご加護が与えられていたようだ。

「確かに最初はわたしも驚いたわよ。でも、エドはここまで立派にやってきたじゃない」

「そうだな、そう言ってもらえると助かるよ」

ステラにそう言われると、どことなく安心できる。

ちなみに、俺を探しに来た聖女とステラは別人だ。

バーミンガム王国の神殿には、神から加護授けられた聖女が何人かいる。だが、魔神を倒す旅に同行できるような度胸と力を持っているのは彼女だけだった。

実家が商いをやっていたという彼女は、村でずっと農作業の手伝いをしていた俺よりもこの世界についてよく知っていて、旅の中でも何度お世話になったか数えられないほどだ。

ステラと話して少しリラックスしてくると、彼女も安心したように笑みを浮かべる。

「少しは落ち着いたみたいね。エドが変に緊張したまま明日を迎えるなんて、わたしも御免だもん」

目が覚めてしまったのか、体を起こした彼女は枕元にあった水筒をとって一口飲む。

月明かりに照らされる薄暗いテントの中で、ステラの金色の長い髪は輝いて見えた。

今は後頭部の高い位置で軽くまとめられているが、いつもはポニーテールにしている。

これが活動的なステラにはよく似合うんだ。

「なにかわたしの顔についてる？」

「いや、ステラに見とれてた」

「ぷっ！　あはは、エドがそんなキザっぽいこと言っても似合わないわよっ！」

「なんだと……？」

付き合いが長いぶん遠慮もなくて、ズバズバものを言ってくる。

厳しい旅の間には彼女の明るい性格に助けられることも多いけれど、今のはちょっとムカッとした。俺は寝袋から抜け出して体を起こすと、ステラの腕を掴む。

「ステラ、ちょっと来い。外に行くぞ」

「えっ、なに!?　ま、待ってよ！　せめて髪を整えさせて！」

そう言うので少しだけ待つと、髪型をいつものポニーテールに整えるステラ。

俺も念のため愛剣を持つと、それで準備完了だ。

テントとその周辺はステラが聖女の力で結界を張っているけれど、念のための武装は欠かせない。

「どうしたのよ、こんな夜中に外へ連れ出すなんて」

彼女は文句を言いつつも、結局は自分から外に出てきてくれた。

月明かりに直接照らされて、ステラの顔がよく見えるようになる。

金髪は月光でより輝きを増し、ぱっちり開いた瞳は意志の強さを感じさせる。

体格は二十歳くらいの女性としては一般的だけれど、手足が引き締まってすらっとしているから美しい。その上、胸やお尻には充分なほどの肉付きがある。特に胸元は服の上から見てもその大きさが顕著で、旅の途中に言い寄ってくる男が後を絶たなかった。

「またじーっと見てる……ほんとにどうしたのよ」

「いよいよ魔神が封印されている場所が分かった。ということは、例の秘密結社も準備万端で待ち構えているだろう。これまで以上に激しい戦いになる」

五年に及ぶ旅の中で、俺とステラには多くの人間関係ができた。

その中でも特に因縁深いのが『再臨の光』と名乗る組織だ。

魔神の復活を目論む秘密結社で、再封印を目的とする俺たちとは幾度となく衝突してきた。

俺たちがこれから向かう場所には、必ず奴らが居るだろう。

ステラもそのことを思い出したのか、少し厳しい顔つきになる。

「そうね、きっと待ちかまえているわ。エドの持つ剣、宝剣デュランダルは千年前の勇者が携えていた剣よ。その刀身には魔神を封印する力が残されている。文字通り死に物狂いで殺しに来るでしょうね」

天空神からの神託では、魔神の復活はすぐそこまで近づいているという。

俺たちが復活を止められなければ、大陸中を焼き尽くしたという千年前の悪夢が再び起こってしまうだろう。それだけは絶対に止めなければならない。

「それにしても、よくたったふたりでここまでたどり着いたわよね。一応、神託で選ばれた勇者と聖女だけど、元は辺境の農家の息子と何のとりえもない町娘よ？　それに世界の命運がかかってるっていうんだから、ちょっと呆れるわ」

少し歩いて、結界ギリギリのところまでくるとステラが近くの木によりかかる。

「そうだな、俺もまさか勇者なんてものに選ばれるとは思わなかったよ」

異世界に転生しただけでも目の玉が飛び出るほど驚いたのに、まさか勇者だなんて！

なんでも、宝剣デュランダルの力を引き出すには特別な魂が必要らしい。

なるほど、確かに元が異世界人の俺の魂は、他の人と比べてちょっと違うだろう。

そう考えると、千年前に魔神を封印した勇者も異世界人だったんじゃないだろうか？

俺やステラの故郷であるバーミンガム王国は、その勇者の子孫が建国しただけあって勇者由来の品が数多く残っている。それでも、勇者本人がどういった人物だったのかは、資料がないんだ。

ともあれ、バーミンガム王国が勇者の血族によって統治され、魔神と敵対した天空神の大神殿を築いて宝剣を受け継いできた。

そのお陰で神託により魔神の復活を予見し、再封印の機会を得ることが出来たのは変わりない。

勇者の血を注ぐ国家として小国ながら権威のあった国だが、今回魔神の再封印に成功すればさらにその威光は強まるだろう。

「それで、わたしをこんなところにまで連れ出したのは昔話をするため？」

ステラが小さく首を傾げながら問いかけてくる。

ちょっとした仕草も絵になるほど美しく、思わず見とれてしまいそうだ。

数多くいる人間の中から天空神に見初められ、加護を与えられたというのも頷ける。

誰だって仲良くするなら、むくつけき男より可憐な少女のほうがいい。

神様だってそうだろう。

「それもある。覚悟は決めていても、いよいよ最後の戦いだと思うと再確認したくなるもんだ」

「……エドでも怖い？」

「ばかやろう。なに言ってるんだ、怖いに決まってるだろ！　向こうは最精鋭を揃えてるだろうし、生き残りの幹部だって集まってるはずだ。この五年でお互いに相手の手の内まで知り尽くしてる。激しい戦いになるぞ」

「うわぁ、言葉にされると本当に嫌になってくるわね」

俺が真剣に言うと、ステラも心底嫌そうな顔になる。

「だよな。まあ、嫌な気分のままじゃぐっすり眠れないから、気分転換しないか？」

そう言いながら、俺はそっとステラの肩に手を置く。

「ああ、なるほど、それが目的だったのね」

彼女は納得したように頷くと、小さく笑みを浮かべた。

「変態勇者さん。こんなところで聖女を手籠めにする気？」

「テントの中が汚れないからちょうどいいだろ。臭いも籠らないし、誰かが聞いてるわけでもない」

最寄りの村から歩いて二週間も離れている。どんなに大きな悲鳴を上げても、聞いているのは動物だけだ。ステラの肩を抱き寄せ、もう片方の手で服をはだけさせる。

彼女は抵抗しなかった。

最後に肌着をずり上げると、たっぷりと柔肉の詰まった巨乳が露《あらわ》になった。

「本当に大きいし、綺麗だよなぁ……」

適度な張りと柔らかさを両立したそれは、見る者に感動と劣情を与える。

もう見慣れている俺でも、視線を吸い寄せられてしまうほどだった。

「んっ、やっぱり最初はそこなんだ。男の人って大きなおっぱいが好きよね」

「小さいほうが好きって男はそこそこいるだろけど、デカい胸が嫌いって男はあんまりいないんじゃないか？」

話しながらも手を動かし、乳房を鷲掴みにして感触を堪能する。

スベスベの肌に手を当て力を入れると、指が少しずつ食い込んでいった。

「あぁ、柔らかい。最高の気分だ！」

「あはは……いいよ、満足するまで好きにして」

感嘆の声を上げると、ステラは呆れるように笑いつつも愛撫の継続を許してくれる。

許しを得た俺は彼女の前に跪いて、片方の乳房を揉みつつもう片方の乳房へ吸いついた。

「じゅるっ」

「あっ……ん、くっ！」

下乳に口をつけた瞬間、ステラの肩がビクッと震える。

「相変わらず敏感だなぁ。まだ乳首にも触れてないぞ？」

顔を見上げてそう言ってやると、彼女の頬が赤くなった。

「う、うるさいっ！　誰がこの体を開発したのよ……あっ、やぁ……ひぅんっ！」

「じゅる、ぢゅぷっ……そりゃ俺だけど、まさかこんなにエロくなるだなんて思わなかったさ」

長い間旅を続けているうちに、俺たちは自然と一線を越えてしまった。

ステラの所属する神殿では姦淫はよくないものだと言われるが、旅のストレスを発散するにはセックスが一番だ。

確か、最初は初めて秘密結社の手の者に襲われて、命からがら逃げだした日の夜だったか。

旅に出てから初めて明確に命を狙われて、訳も分からず、恐怖に押しつぶされそうだった。

自然と互いに身を寄せ合い、そこでお互いを求め合った。

「はぁ、はぁっ、んうっ……エド、そんなに強くされたら痕が残っちゃうからっ」

「気にするなよ、他の誰かに見せる予定もないだろう？」

「そりゃないけど、戦闘中に服が破けたらどうするの！」

「そうならないように俺が守ってやるよ」

「馬鹿。宝剣を持つあんたが先に倒れたら意味がないじゃない……はぅ、ひゃんっ！」

少し強めに吸ってやると、その刺激にステラの口から嬌声が上がった。

聖女というにはお転婆で、魔獣にも積極的に挑みかかるほど度胸もある。

その彼女からこんなに可愛らしい声が出ているのかと思うと、思わずにやけてしまう。

「だいぶ出来上がってきたな、ステラ。じゃあ、最後に……」

ここまでずっと放置していた乳首に狙いを定める。

「えっ、いやっ……待って、今触られたら！」

俺の視線でどこを狙われているのか理解したらしい。

さんざん乳房をねぶってやったおかげで、触れられてもいないのにステラの乳首は硬くなっていた。今すぐにでも触って、滅茶苦茶にしてほしいという思いが伝わってくる。

「じゃあ、いただきます」

「待って、待ちなさいって！　やっ、ひぃ……あああああぁぁぁあぁぁっ!!」

俺は真正面から乳房を咥えて、舌で敏感な乳首をこれでもかと刺激してやる。

「じゅる、れろっ……ぢゅううううっ！」

「ひいいいいいっ！　す、吸っちゃだめっ！　おっぱい出ないのにっ……あっ、ひぃぃっ!!」

「ステラが避妊しなければ、その内出るようになるかもしれないぞ？」

今のところ彼女は、神殿で学んだ避妊用の魔法を使っている。

表向き姦淫は禁止されているが、対策は必要ということで先輩の聖女が教えてくれたらしい。

顔も名前も知らないが、改めてその先輩聖女に感謝の念を送った。

避妊用の魔法がなければ、絶対我慢できずにステラを孕ませていたに違いない。

「はぁはぁ、あぐぅっ……馬鹿なこと言わないでよ」

彼女はそこで息を整えると言葉を続ける。

「それに、わたしばっかり気持ちよくなっても仕方ないでしょう？　エドが満足しないと終わらないんだから……」

そう言うと、ステラはこっちにお尻を向けてスカートをまくり上げる。

飾り気のない白い下着と、同じように染み一つない綺麗なお尻が俺を誘う。

「エド、きていいよ……今夜はわたしも、たくさんしたいから……」

熱っぽい視線を向けられて、俺も我慢できなくなった。

片手で腰を押さえながら、もう片手で彼女の顎を掴んでキスする。

「んんっ！　ふぁ、んくっ……ちゅむ……」

「あむ……くそっ、そんなこと言われたら我慢できないぞ！」

たっぷり彼女の唇を楽しむと、限界まで勃起した肉棒を秘部へ押し当てる。

「んぁっ、はうっ……すごい、熱いね？」

「子宮からあふれるくらい、精液を注ぎ込んでやるっ！」

「あぁっ……ひゃあぁぁぁっ!!」

そのまま腰を前に進めると、森の中に嬌声が響き渡る。

その夜はずっと、遅くまで行為を続けたのだった。

＊　＊

「んんっ、ひゃうぅぅんっ！　はぁ、はぁっ！」

ゆっくりと腰を前後に動かすと、ステラの口から嬌声が上がる。

その声は周りの木々に吸い込まれて、人通りのある場所までは届かない。

「ちょ、ちょっと！　今の時間は人が少ないからって、そんなに激しく……あんっ！」

恨みがましそうに視線を向けてくる彼女に対して、深いピストンで応える。

「そんなこと言いつつ、ステラだってがっつり咥え込んでるじゃないか」

そう言いながら肉棒を奥まで進ませると、子宮口がヒクヒクと動いて亀頭にキスしてくる。

ああだこうだと言いつつも、体は気持ちよくなっている証拠だ。

「うぅ……それは仕方ないじゃない！　もう数えきれないほどして、エドのを入れられると感じるようになっちゃってるんだからっ！」

快楽を堪えきれず、若干涙目になっているステラ。

普段明るく活動的な彼女のこんな顔を見られるのは、世界広しといえど俺だけだろう。

そう思うと、余計に可愛がってやりたくなる。

「そう言えば、最後の戦いの前の夜も、こんなふうにしてたな」

「んはっ、はぅ……そ、そうだっけ？　あぁっ！　やっ、奥ダメだって！　ひぅぅっ！」

グイグイと腰を膣内に擦りつけるようにすると、また可愛い声が聞こえて嬉しい。

膣内もキュンキュン締めつけてきていて、今にも射精してしまいそうだった。

「くっ……はぁ……でも、あのときとは違って、のんびりできるのはいいな」

魔神の再封印が終わってから一年近くが経つ。

あの後、無事に役目をやり遂げてバーミンガム王国まで帰ってきた俺たちは、今は王都で食堂を営んでいた。

今いるのは山腹の森ではなく王都にある公園だし、服装も鎧や巫女姿ではなく白衣と可愛い給仕服だ。買い物帰りに、人影のないよさげな場所を見つけたのでつい彼女を誘ってしまった。

普通なら救世主だなんだと祭り上げられそうなところだけれど、色々な人の助力のおかげでこうして平穏に暮らせている。

「のんびりできるって言っても、買い物帰りってことを忘れないでよね？」

「あー、そう言えばそうだったな」

幸い新メニューの考案用の食材なので、お客さんに出すものじゃないけど、長いこと放置して虫がついたりしたらステラに怒られる。俺は少し予定を変更して、勢いよく腰を動かし始めた。

周囲にパンパンと小気味よい音が響き、同時にステラが悶える。

「んぁっ、あぁぁっ！　きゅ、急に速くっ……あうっ！」

「のんびりしてるとステラに怒られちゃいそうだからな」

引き締まったお尻に腰を打ちつけながら、だんだんと興奮を高めていく。

旅から帰ってきて一年も経つけれど、毎週トレーニングしているから、まだ肉体は健全だ。

目の前の美女を大胆に楽しむ余裕はある。

それはステラも同じで、体中を快感に犯されながらも話す余裕くらいはあるようだ。

「はぁはぁ……んんっ！　あんまり激しくされると、声が我慢できなくなっちゃうわよぉ」

「俺はステラの声をもっと聞きたいけど……」

彼女を怒らせるのは得策ではない。家ならともかく、ここは野外だし。

「でも、これより激しくはしないよ。それ以外の部分は、好きにさせてもらうけど」

そう言うと、俺は腰を動かしながら両手で彼女の体を愛撫し始める。

太ももから腰を通り、お腹のあたりへ手を動かして優しく撫でたり。

あるいは、下からすくい上げるようにしながら、やわやわと揉みしだく。

「はうっ……んっ……はぁ、やぅ……んはぁっ！」

膣内への継続的な刺激に全身への愛撫も合わさって、ステラもだんだんと息が荒くなってきた。

体の隅々まで興奮が行き届き、白い肌はほんのり色づいている。

髪をポニーテールに纏めているおかげで見られる、うっすら汗の浮いたうなじも魅力的だ。

「んはっ、はぁ、はぁっ……んくぅぅっ！　だめ、わたしっ……！」

「もう我慢できなくなってきたか？　ステラの好きにイっていいんだぞ」

体が不自然に震えてきたのを感じた俺は、彼女の限界が近いことを悟った。

けれど、ステラは首を横に振る。

「嫌よ、だってわたしだけ……」

どうやら、自分だけ先に気持ちよくなることに引け目を感じているようだ。

お転婆に見えて、意外と律儀なところがある彼女らしかった。

「その気持ちは嬉しいけれど、俺は自分が冷静なうちにステラが乱れている姿を見たくてね」

そう言いながら、容赦なく手と腰を動かす。

「あうっ！　ひゃ、ああぁっ……待って、だめっ……うぐぅっ！」

再び全身から快感を送り込まれて悶えるステラ。

その様子に俺も徐々に興奮を高めていく。

「ああ、やっぱりステラはとびっきりエロいな！　もっと感じてる姿を見せてくれっ！」

「やっ、ひっ……あうううぅっ！　だめっ、エドッ！　このままじゃほんとにっ……！」

俺とのセックスに慣れているステラでも、もう抑えられないほど体が高まってしまっているらしい。彼女が制御できない快感に翻弄されている姿には、思わず嗜虐心を煽られそうになる。

それでも、決して乱暴にしないように情欲をぶつけていく。

「はひっ、あっ、くぅぅっ！」

形のいいお尻に激しく腰を打ちつけると、先ほどより甲高い嬌声が上がった。

性感が高まっているのか、普段の何倍も激しい乱れようだ。

「奥まで、エドのがたくさん……あっ、ひっ、あああっ！　そこっ、気持ちいいっ！　あぁっ……イクッ！　だめっ、あひいいぃぃいぃっ!!」

やがて、とうとう耐えきれなくなったのか、ガクガクッと腰を震わせてステラが絶頂する。

「ぐぅっ！　くぁ……すごい、中がっ……」

ギュウギュウに締めつけてくる膣内の刺激に耐えながら、前方に手を回した。

ピストンのたびに揺れるたわわに実った乳房。それを両手で鷲掴みにして刺激すると、絶頂直後の体が震えた。

敏感になった体には過大な刺激だったようだ。

「ひぁっ、だめっ……そんなに気持ち良くされたら壊れちゃう！」

「壊れる前にもう一度イかせてやるよ。今度は俺も一緒だからさ」

そう言いながら、再びステラの中を突き解す。

「あぁっ、やぁ！　お願い、待って！　イったばっかりなのにっ！」

「ステラなら二連戦くらいは余裕だろう？　怪物相手にだって大立ち回りできるんだから」

「それは、加護の力を使うから……あひぅっ!?　やっ、また深くっ……んんっ、きゃうっ!!」

「あっ……おっと！」

蓄積していた快感が一気にきたのか、それまで木についていた腕に力が入らなくなってしまったらしい。

少し前のめりになって、今は肘《ひじ》で体を支えているような状態だ。

「んぁ、はぅっ……今のは、ちょっとヒヤッとしたかも……」

「悪い、ちょっとやりすぎた」

そう言って手を放して腰の動きを止めると、彼女が俺の手を掴んでくる。

少し恥ずかし気で、でも期待しているような表情だった。

「こ、ここで止めないでよ。ちゃんと……最後までして？」

女の子にここまで言われたら、俺としても頑張りたくなる。

「しっかり捕まえとくから、好きなだけ気持ちよくなっていいぞ」

両手で彼女の腰を掴むと、再び腰を動かし始めた。

激しさはなくとも、一度のピストンでステラの中を犯しつくすように肉棒を動かす。

「あうっ、くっ……はぁっ！　これ、さっきよりすごいかもっ……！」

「こっちも気持ちいい。刺激で中がビクビク震えてるからな」

一度ズンと奥まで突くと、その刺激で彼女の体が敏感に反応する。

肉ヒダが俺のものに絡みついて、丁寧にしごき上げてくるんだ。

「あうっ、あぁ、ひんっ！　はぅっ！　そんなにされたら、わたしも……っ！」

「また気持ちよくなってきたか？　なら、なおさら止められないなぁ」

俺は興奮で息を荒くしながらも、腰を動かしてステラを責める。

「一度イってるからか、特に反応がいいな」

「そんなこと、勝手に言わないで……あっ、んんっ……はぁぁっ！」

強がっているけれど、全身に快楽が回っているのは確実だ。

彼女に触れている手からは、興奮で体温が熱くなっているのが感じられる。

それに、結合部からはダラダラとよだれのように愛液が滴っていた。

「外だっていうのに、こんなに濡らしていやらしい聖女様だな」

「んっ、やぁ……それはっ、言わないでっ！」

一般市民として暮らすようになってからも、定期的に神殿へ通っているステラ。

そのことを引き合いに出されると特別に羞恥心が刺激されるようで、キュンキュンと締めつけてくる。

「うぐ……っ！　それそろ、俺もヤバいかな……」

いくら慣れていると言っても、ステラから与えられる快感が抑えきれないところまできていた。

「んんっ……エドも、イキそう？」

「ああ」

「じゃあ、そのまま最後まで……一緒に気持ちよくなって……」

「もちろん、そのつもりだったよ」

俺は頷くと、我慢するのをやめて欲望を吐き出すために動き始めた。

「やっ、あんっ！　激しっ……あああぁぁぁぁっ！」

「悪い、やっぱり抑えられないかも。すぐ終わらせるから」

嬌声を上げるステラのお尻に、思い切り腰を打ちつける。

ピストンするたびにトロトロの膣肉にしごかれて、腰の奥から精液を絞り出されそうな快感だ。

「はぁ、はぁっ……ステラッ！　だすぞ、中にっ！」

「はぐっ、あっ、ひぃっ！　き、きてっ！　エドのっ、全部受け止めさせてっ!!」

直後、俺は肉棒をステラの奥、その限界まで押し込んで射精した。

「あぎっ、ふぅっ、あああぁぁあぁぁああっ‼」

ひときわ大きな嬌声を上げる彼女の中へ、子種を吐き出していく。

腰が抜けるような快感を味わいながら、俺は彼女の体を離さないように抱きしめた。

「あぁ……だめ、もう無理……頭が蕩けちゃうわよぉ……」

さすがに体が限界だったのか、木に寄り掛かるようになるステラ。

俺のほうも少し疲れてしまったので、そのままふたりで少し休むことに。

「んっ……声、ちょっと響いちゃったかも……」

「俺の見た限り、誰も近づいてきてないから大丈夫だと思うけど」

旅をしていた経験から動くものの気配には敏感なので、これは自信がある。

しかし、どうも彼女の意図と違ったのか、ムッとした表情を向けられてしまう。

「誰かに見られなくても、声を聞かれたかもって思うだけで恥ずかしいの！　そのくらい分かりなさいよ！」

「わ、悪かったって！　帰ったらお好みのデザートを作るからさ！」

「デザート？　まあ、それなら……ちゃんと気合入れて作ってね」

「はいはい、お任せください聖女様」

なんとか彼女の機嫌をなだめることに成功して、一息つく。

こうして、王都でのふたりの一日は過ぎていくのだった。

第一章　ランダル食堂の日常

「おーい、エドー！　起きてっ！　エドー――!?」

聞き慣れた声が頭の中に響いて、眠気で重い瞼《まぶた》を上げる。

それとほぼ同時に、体にかけていた毛布がはぎとられた。

「あぁ……」

温もりの籠ったそれに名残惜し気に手を伸ばすも、残念ながら届かない。

バタンと手をベッドに落とすと、こっちを見下ろしている視線に気付いた。

「はぁ、ようやく起きたわね。そろそろ起きないと準備が間に合わないわよ？」

「ステラか……おはよう……」

俺の顔を覗き込んできたのは、少し呆れたような顔のステラだった。

「普通、料理人っていうのは朝早くから起きて仕込みをするものじゃないの？」

「早起きは苦手なんだ……それに、魔法を使えばぐっと時間を短縮できるし」

この世界には魔法がある。

魔神を封印するために世界中を旅して回った俺たちは、先々でいろいろな人やモノと出会った。魔法もその一つだ。

その中には料理に役立つものもたくさんあって、それらを使って大幅に手間を減らすことができる。元々、食堂を始めたのも、旅先で出会った美味しい食事を再現したいって気持ちがあったからだ。とはいえ、今はそういった気持ちより眠気のほうが勝ってしまっている。

「あとちょっと、一時間だけ寝かせて……」

「要求してる時間の桁がおかしいわよ。……はぁ」

彼女はもう一度ため息をつくと、ベッドに上がってくる。

「……ステラ？」

「気持ちよく起きたいなら動かないでね」

そう言って小さく笑うと、おもむろにズボンを脱がしていく。

「おっ？」

「まあ、昨日のプリンが美味しかったから、そのお礼だと思ってね」

そう言えば、青姦に誘って少しご機嫌斜めになってしまった彼女にデザートを作ったんだっけか。丹精込めて作ったものだけど、どうやら思った以上の効果を上げていたようだ。

「んょっ」

彼女は俺の左足にまたがるようにしてから、体を前屈みに倒す。

そして、ちょうど目の前にきた俺の股間に頭を突っ込んだ。

「ふぅ……んっ、ちゅ……」

朝の生理反応で硬くなっている肉棒へ可憐な唇が触れる。

ただ、まだ体の神経も鈍っているようで感覚が薄い。

少し残念に思っていると、ステラはそのまま繰り返し肉棒へ口づけしてきた。

「ちゅむ、んっ、ちゅう……んんっ、れろぉ……！」

「おぉっ!?　そんな、積極的に……」
十、二十とキスを感じていくうちに、だんだん感覚も敏感になってきた。
ステラがここまでやってくれるとは思っていなかったので、ちょっと驚く。

少し頭を上げて見ると、彼女の顔が赤くなっているのが見えた。

向こうも視線に気付いたのか、一旦、口を離してこっちに向く。

「こういうの、好きなんでしょ？　喜んでもらえるなら、ちょっと頑張ってもいいかなって」

「そんなふうに思ってくれるなんて……ほんと、俺は相棒に恵まれたなぁ」

「エドがちゃんと起きてくれれば、こうする必要もなかったんだけど……」

「俺としては毎日朝寝坊したくなっちゃう……ああ、分かった。明日からはちゃんと起きるから睨まないでくれよ」

迂闊な言葉でまた彼女の機嫌を損ねてしまいそうになり、慌てて訂正する。

やっぱり、寝起きでまだ脳みそが働いていないようだ。

「はぅ、んむっ……もう少し、大胆にしようかな……んぐっ、はむぅっ！」

「うおっ！　く、口の中にっ……」

それまでは、軽くキスするように愛撫していたステラ。

しかし、ここで一気に肉棒を口の中へと咥え込んだ。

それまで限定的だった刺激から一転、生暖かい感覚で肉棒全体が包み込まれる。

「あぁ、あったかい……こりゃ気持ちいいなぁ……」

思わずそう声が漏れてしまう。激しい刺激というわけではないが、温かい感覚は心地いい。

それに、ステラに奉仕してもらっているというのが何より嬉しかった。

昔からお転婆なところがあって、そのせいで事件に巻き込まれたことは一度や二度ではない。

けれど、いつの間にか落ち着きも出てきていて、たまにはこうして思いやりのあるご奉仕もしてくれるようになっていた。彼女のこうした部分を知っているのが俺だけだと思うと優越感もある。

「んちゅっ……さっきより硬くなってるわね。じゅるっ！　先っぽから苦いのも溢れてきてるし」

彼女は慣れた様子でフェラチオしながらも、こっちの変化に合わせて刺激を変えていく。

肉棒が興奮で勃起してからは、より大胆な舌の動きで奉仕してきた。

「くっ、うぅ……こんなの、そう長く我慢できないぞっ……！」

「じゅるっ！　じゅる、れろっ、くちゅ……じゅぷっ、じゅぷんっ！　我慢しなくていいから、気持ちよくなっちゃいなさいよっ！」

ステラはいやらしく音を立てながらも、頭を動かして肉棒全体をしごいてきた。

とはいえ動きはゆっくりしたもので、その分ねっとりと舌を這わせてくれている。

寝起きの朦朧《もうろう》とした思考では、激しいだけの刺激よりも心地いい。

「ステラ、すごくいいよ。最高だ……くっ！」

興奮が高まっていくにつれて、だんだんと血が巡ってきて思考も冴えてくる。

すると、それを察した彼女は徐々に舌の動きを激しくしていった。

「あむぅ、じゅずずっ！　んふ、そろそろ目が覚めた？　あんまり手間をかけさせないでよね」

文句を言うような口調だけれど、相変わらず奉仕を続けてくれるのは嬉しかった。

「さすがにもう起きたけど、このまま最後まで頼むよ。ここで止められたら気が狂いそうだ」

「ふふ、しょうがないわね。あとでまた、美味しい料理を作ってもらうわよ？」

そう言って小さく笑うと、ステラは頭を素速く動かして肉棒をしごき始めた。

「んじゅっ、じゅるるっ！　んぐっ、じゅれろっ……じゅるるるるぅっ！」

「うぁっ……！　ステラッ、出るっ!!」

最後まで彼女にされるがままの奉仕を楽しみながら、たっぷりと口内射精する。

朝一番の濃い精液がステラの口の中を白濁に染めていった。

「んんっ！　んふっ、んぅ……ごくん、ごくっ！　ぷはぁ……」

勢いよく吐き出された精液を舌で受け止めた彼女は、そのままごくんと飲み干していった。

喉が動くたびに、俺が吐き出したものがステラの体内に取り込まれていくのを目の当たりにして、
俺の中にある征服欲が刺激されてしまう。

「まだ、残ってる……んっ、ちゅ……れろっ……」

口をモゴモゴと動かしたかと思うと、舌を使ってお掃除フェラまでしてくれる。

まさに至れり尽くせりで幸せだ。

欲望の熱が再燃しそうになるのを堪えていると、ようやく彼女が口を離した。

そのまま体を起こし、改めて俺を見下ろしてくる。

「はぁ……どう？　目が覚めたかしら？」

彼女も興奮したのか少し頬を火照らせていたが、いたって冷静なように振舞っていた。

「ああ、おかげでバッチリ目が覚めたよ。ありがとうステラ」

さすがにここで茶化すようなことを言うのは、藪蛇になりそうなので自重する。

その代わりに体を起こして伸びをすると、軽く頭を振って眠気の残滓を吹き飛ばした。

「ふぅ……よし、じゃあ準備するか！　今日は一段と美味い料理を作っちゃうぞ！」

「その前に顔を洗って歯を磨いて、下着が汚れるから股間も拭いときなさいよ」

「あ、はい……」

気合を入れて厨房に立とうとすると、真顔に戻ったステラに注意されて思わずうなずいてしまう。

まあ、彼女のおかげでいつもより気持ちよく目が覚めたのはありがたい。

色々と準備をして、それからまた気合を入れなおして取り掛かるとしよう。

こうして、俺の一日は始まるのだった。


時間はお昼時、俺とステラが営んでいる食事処「ランダル食堂」はなかなかの賑わいだった。

「六番テーブル、ランチのＡセット二つにＢセット二つね！」

注文を取ってきた給仕姿のステラが、厨房の真ん中にあるボードにメモを張り付ける。

「はいよ。二番テーブルのやつが出来たから持ってってくれ」

「はーい」

カウンターにチキンカツを乗せた皿を置くと、ステラがそれを、あらかじめスープやパンを用意していたトレーに乗せて運んでいく。彼女の給仕服は動きやすいように半そでとミニスカートであり、ソックスとスカートの間の絶対領域が個人的にもお気に入りだ。

それに胸元も大きく開いていて、巨乳の北半球がほとんど露《あらわ》になっている。

露出が多めなのは彼女自身の希望だ。胸元を閉め切ってしまうと熱がこもって気持ち悪いらしい。

まあ、店にやってくる男たちにとっては眼福だな。

もちろん手出しは厳禁で、そういう動きを見せる奴は俺が店の外に蹴りだしている。

あるいは、同行している女性につまみ出されたりとか……な。

「はい、ランチAセットおまちどうさま。Bセットの人はもう少し待っててくださいね」

お客さんに愛想よく振舞うステラを横目に見ながら、今度は大きな中華鍋でBセットの肉野菜炒めを作っていく。

「ふっ……よっと！」

一気に数人分を作るからなかなかの量だけど、これくらいならまだまだ余裕がある。

モンスター相手に剣を振るっているよりは、ずっと楽だ。

鍋から立ち上る熱気は換気扇で外へ逃がしたいんだけど、異世界にはそういうのはないので魔法でカバーしている。

海峡を渡るときには風の魔法で帆船を動かしたこともあるから、換気くらいはお茶の子さいさいだった。他にも氷の魔法をかけた冷蔵庫モドキや、蛇口に浄化の魔法をかけたシンク。それに、今使っているコンロにも炎の魔法を使っている。

調理の工程に魔法を多用することで省力化と時間短縮を図って、ふたりだけでも店が回るようにしているんだ。使い勝手的には、ほとんど現代日本の厨房と変わらないんじゃないだろうか？

おかげで良い食材を使っても、お財布に優しい価格に出来ていると思う。

特に平日の昼間、サービス価格になっているランチメニューは人気商品だった。

「エド、五番カウンターでランチBセット！ あと、一緒にオムレツもね」

「はいはい、了解だ」

鍋を振るいながら振り返って、メモを確認。

大きな鍋で作れるものは、なるべく一度にすますように量を考える。

「ふぅ……ん、しょっと」

ステラもセットのパンとスープを用意したり、下げた皿をシンクに積み上げたりと効率よく作業している。

そうして、十数枚積みあがった皿の前で祈るように手を合わせながら、彼女が呪文を唱える。

「高潔なる天使よ、その力を貸し与え給え。『クリーン』！」

次の瞬間、目の前に積み上げられていた皿が淡く光ったかと思うと、汚れが一つ残らず消え去っていた。これがステラの魔法の効果だ。

聖女である彼女は神の加護によって、さまざまな天使の力を借りることができる。

それが今じゃ、ほぼ日常での雑用に使う魔法になっているけれど。

まあ、平和でのんびりできるのは良いことだ！　神もお許しくださるだろう。

その後もランチタイムの忙しさは続いたけれど、二時間もすればだいぶ落ち着いてきた。

店の席もだんだん空いてきて、注文された料理もすべて作り終わったので一息ついた。

そんなとき、またひとりお客さんがやってきた。

「こんにちは。そろそろ、席は空いたかしら？」

扉を開けて中に入ってきた女性は、フード付きのローブで顔が見えづらい。

一見するとちょっと怪しい雰囲気があるけれど、彼女も常連さんだ。

顔を隠しているのも事情があってのことなので、ステラが笑顔で出迎える。

「はい、いらっしゃいませ。いつもの席が空いてますよ」

入り口や他の席からは見えにくい、いちばん奥のカウンターに通される。

「はい、お水です」

「ありがとうステラちゃん」

お冷を受け取った彼女はそう言うと、安心したようにフードをはずした。

「ふぅ……最近は温かくなって、この格好も厳しくなってきたわね」

フードに隠されていた青みがかったセミロングの髪と、優しそうな顔立ちが露《あらわ》になる。

「ん、くっ……はぁ……この店のお水は、冷たくて美味しいわ」

差し出された水を一口飲むと、ほっと一息をつく。

彼女の名前はシャイナ・コンウェイ。このバーミンガム王国の王女様だ。

俺やステラとは魔神封印の旅に出る前からの付き合いで、俺たちを心配してよく面倒を見てくれていた。なんとかに魔神を封印して国に帰ってきたときも、俺たちの意思を尊重して、一般人として普通に生きられるように尽力してくれたのが彼女だ。

シャイナさんがいなければ、今頃の俺たちはまだ、勇者様だ聖女様だと祭り上げられて大変な生活を送っていたかもしれない。

俺もステラも頭が上がらないけれど、向こうは俺たちのことを妹や弟みたいに思って接してくれている。王室には他にも何人か王子や王女がいるが、いずれも年が離れていて、どうも馴染みにくいらしい。そのぶんも、俺たちに優しく接してくれていた。

この店は普段暮らしている城とは違って、口うるさい侍女もおらず心が休まるのだそうだ。

週に一度くらいの間隔で、ランチタイムの終わりにやってきてはのんびりご飯を食べていく。

「さて、今日のメニューは何かしら？」

「今日はAセットがチキンカツ定食。Bセットが肉野菜炒め定食ですよ」

ステラが説明すると、彼女は目を輝かせた。

「まあ、チキンカツ？　わたくし鶏肉が大好きなの。運がいいわね！」

そう言いながら、嬉しそうにAセットを注文するシャイナさん。

両手を合わせてニコニコしていながらも、お淑やかに感じるのはさすがに王女様といった感じか。見る人が見ればすぐにでも、高貴な家の人間だと分かるだろう。

とはいえ、今の時間はあまり人もいないので安心だ。そもそもウチの食堂は庶民向けだし、そんなところに王女様が居るなんて、万が一にも思わないだろうけど。

そんなことを考えつつも、手は自然と動き出して料理を作り出す。

ステラもトレーの用意をしながら、シャイナさんとの会話を続けていた。

「ランチタイムに間に合ってよかったわ。侍女の目がなかなか撒《ま》けなくて、困ったものよね」

「あはは……まあ、普通は王女様がひとりで街へお忍びに出かけるなんてありえないですしね」

「でも、ふたりが立派に仕事をしてくれたおかげで王国内の治安は劇的に良くなったわ。主に、『再臨の光』が壊滅したのが大きいわね」

「あの組織、世界中に根を張っていたみたいですからね。最後の戦いで首脳部が壊滅して、統制が取れなくなったんでしょう」

魔神復活を目的にした秘密結社『再臨の光』は、各地の犯罪組織を吸収して勢力を大きくしていた。

それが潰れたことで国中の治安が劇的に良くなったのは、俺たちとしても予想外の効果だ。

女性や子供でも安心してひとりで外出ができる現状は多くの市民に喜ばれていて、俺たちも少し誇らしい。そうこうしている内にチキンカツが揚がったので、皿に盛りつける。

「ステラ」

「もらっていくわね。はい、Aセットのチキンカツ定食です」

出来立ての定食を目の前に差し出され、再び彼女の顔に笑みが浮かぶ。

「まあ、美味しそう！　いただきますね」

シャイナさんは手をつける前に神へ祈りを捧げると、ナイフとフォークを手に取ってさっそくチキンカツを切り分けた。俺が切っておいた一切れをさらに半分に分け、フォークで口元へと運ぶ。

「アツアツね、やけどしないようにしないと。……はむっ」

目をつむりながらゆっくりと味わっていて、なんだかこっちも少し緊張してしまう。

やがてごくんと飲み込むと、今度は残った半分にソースをかけて口に運ぶ。

「んく……ん……はぁ、美味しいわ」

シャイナさんが満足げにつぶやいたのを聞いて、俺もステラも内心ほっと胸をなでおろした。

王族として毎日最上級の食事をしているはずなので、必然的に舌が肥えている。

その彼女に美味しいと言ってもらえるのは、料理を作る者としてとても嬉しい。

「衣の食感も、お肉の火の通り具合も、そしてソースだって前よりずっと良くなってる。今度は、エド君のほうがお忍びでお城にやってこない？　作ってほしいな」

「ははは、勘弁してくださいよ。さすがにお城のシェフの料理と一緒の食卓に、うちの定食は並ばせられませんって」

俺が本格的に料理を勉強し始めたのは、ここ一年くらいのことだ。

冒険中でも、俺が料理を担当することが多かった。けれどそれ以上に、各地で様々な地方料理を食べていくうちに、自分もこんなものを作れるようになりたいと思うようになっていったのだ。

ステラもそれに賛成してくれて、こうして食堂を開くことになった訳だ。

最初からそれなりの技術はあったけれど、料理というのは意識して上達しようとするとすごく難しい。だから、ここしばらくは試行錯誤の連続だ。

料理自体は魔法のおかげで比較的簡単に作れるから、研究に時間を割けるのは幸いだな。

そして、毎週のようにやってきてくれるシャイナさんは、味を評価してくれる貴重な先生だった。

その後もカウンター越しに会話を挟みつつ、シャイナさんは定食を食べ進めていく。

上品な食べ方は庶民向けの食堂ではかなり浮いているが、今は気にするようなお客さんもいない。

やがてお皿の上が綺麗になると、そのタイミングでステラがお茶を運んだ。

「ありがとうステラちゃん。給仕の腕も上がったかしら？」

「お陰様で毎日、けっこうな数のお客さんをこなしてますから。さすがに、お城で働くメイドさんたちには敵わないですけどね」

気付けば他にいた客たちはすでに会計を済ませていて、店内は三人だけになっていた。

シャイナさんも安心したのか、変装用のローブを完全に脱いで隣の席に置く。

「うん、やっぱりこの格好が落ち着くわね」

彼女の衣服も、ステラほどではないけれどかなり大胆なデザインだ。

ノースリーブで肩が露出しているし、スカートの丈は給仕服よりも短い。

ステラよりさらに大きな爆乳はしっかり支えられているけれど、隙間から深い谷間が覗いている。

もしまだ店内にお客さんが残っていれば、たとえ奥の席でも目を引いてしまっただろう。

「んくっ……はぁ、ここにいると心が休まるわ」

「そうは言っても、あんまりゆっくりは出来ないんじゃないですか？　従者さんたちも、王女様を長い時間放ってはおかないでしょう」

しばらくはお客さんも来ないだろうから、俺のほうも作業を一区切りつけて話しかける。すると、彼女は露骨に困ったような表情をした。

「そうなの。わたくし、最近はあちこち引っ張りだこで……会議や行事への出席に、貴族の奥様方を迎えるパーティーの主催。それに、今度は外国からの来賓の接待役までする予定で……いい加減うんざりしてしまうわ。でも今日は十日ぶりの余暇なの。だから、時間は大丈夫よ」

「ううん、確かにシャイナさんひとりでそれだけやるのは大変そうですね。他の王子様や宮廷貴族の皆さんはどうしたんですか？」

横からステラが聞くと、彼女は露骨に肩を落としてしまった。

「ええ、お兄様たちも同じように忙しいの。だからこそ、わたくしも弱音は吐けないのだけど……」

「……もしかして、俺たちのことが関係したりしてます？」

「間接的にはそうなるかもしれないわね。貴方たちが魔神を再封印してから、このバーミンガム王国の株がまた上がったでしょう？　各国間との発言力も高まったから、今まで以上に強い関係を持ちたいという国が多いみたいね」

「ははあ、なるほど……」

バーミンガム王国は決して大きな国ではないが、先代勇者の血筋を繋いでいるという確固たる強みがる。

そして、ここにきてまた王国出身の勇者が魔神を封印したのだから、その株はうなぎ登りだろう。

外交の場では、権威というのは時に武力や経済力よりも強い力を発揮することがある。

今の王国は、そういった権威が最高潮の時期なんだろう。

王族も貴族も総動員して、各国への対応に当たっているということか。

「もしあのまま、わたしたちが勇者と聖女として過ごしていたら、真っ先に巻き込まれてますよね。うわぁ……」

「改めてシャイナさんに感謝しないとな。ほんと、ありがとうございました」

「ありがとうございました」

ふたりして頭を下げると、彼女が優しい笑みを浮かべる。

「いいのよ。むしろ、エド君やステラちゃんを巻き込まなくてよかったわ。こういうリラックスできる場所もできたしね」

そう言ってもらえると、こっちとしても安心する。

「こうして愚痴を聞いてもらうだけで、ありがたいのよ？　お城では、下手なことも話せないもの」

「確かに、言いたいことを言えないのは辛そうですね」

「本当よ。その点、貴方たちはわたくしに恩があるし、口も堅いものね」

そう言われて、俺はステラと目を合わせて苦笑する。

国に帰ってきてからはもちろん、旅の途中もシャイナさんには色々と気遣ってもらった。

もちろん王国にも潤沢な予算と支援をつけてもらったけれど、旅がスムーズに進んだのはシャイナさんの個人的な協力が大きい。

遠くにいても手間をかけて手紙を送ってくれたりして、読むたびに心が温かくなったものだ。

その頃にもらった手紙は、今でも大切に保管してある。

「ああ、愚痴を聞くついでに少し聞いておきたいことがあるの。貴方たちでないと分からないことだから」

「なんでもどうぞ。覚えていることならできるだけ答えます」

「ありがとう。貴方たちが北方のエルルアン山脈を訪れたときの話なんだけれど……」

それから俺たちはシャイナさんの質問に答えたり、それからまたお城での愚痴を聞いたりした。

しばらくそのまま談笑していると、ふとシャイナさんが話題を変えてくる。

「わたくしもストレスを溜め込むばかりだとよくないと思って、最近は色々新しいことにチャレンジしてみたりしているの」

「へえ、たとえばどんなことを？」

「絵を描いたり、陶器を作ってみたり……お兄様に勧められて狩りにも行ってみたのだけれど、イマイチみたいだわ」

そう言って少し肩を落とした彼女だけれど、すぐ俺のほうを向く。

「ねえ、エド君。少し人助けをしてみるつもりはないかしら？」

「えっ？　それって……」

脳裏に一つの可能性が浮かんで、とっさにステラのほうを向く。

すると、彼女もその意図を悟ったのか苦笑いする。

「ううん……まあ、シャイナさんが相手なら、わたしはいいかな」

「ふふ、正妻の余裕かしら？」

「なぁっ!?　せ、正妻とかそういうのじゃなくて、相棒なので！」

顔を赤くして反論するステラを微笑ましそうに見つめるシャイナさん。彼女たちのやり取りはともかく、することが決まったということに俺はかすかに喜びを感じていた。

「さ、じゃあたっぷり癒してもらおうかしら」

シャイナさんは席を立つと、俺の肩を軽く叩いて促す。

こっちも立ち上がって、彼女を二階の居住区部分へ誘導していった。

「ステラ、悪いけど表に休憩中の看板を出しといてくれ」

「はいはい、了解よ。おふたりでごゆっくりね」

少し呆れた表情の彼女に見送られ二階に上がると、シャイナさんがすぐに抱きついてくる。

「エド君……」

俺の右腕を抱えてギュッと抱き寄せる彼女。

その視線はいつの間にか熱くなっていて、こっちの興奮に火をつけた。

「シャイナさん」

「ああ、今日が待ち遠しかったわ……んっ！」

嬉しそうな笑みを浮かべると、彼女はその場でキスしてきた。

ただ唇を合わせるだけの軽いものではない。

その証拠に、すぐ俺の口の中に舌が押し込まれてきた。

しっかりと体ごと押しつけ、口内を蹂躙してくるような激しいキスをするシャイナさん。

俺も彼女を受け止めるように抱いて、こっちからも舌を絡めた。

「はむっ、んぅっ！　ん、はぁっ……ん、ちゅむっ、じゅる……」

シャイナさんはすっかり興奮し始めているようで遠慮がない。

こうなってしまってはもう抑えようがないな。

普段はお淑やかだけれど、この人は一度スイッチが入るとかなり積極的なんだ。

そのまましばらくキスを続けて、だんだん息が荒くなってきたところで俺のほうから切り上げる。

「あっ……」

「シャイナさん、続きは部屋の中に入ってからにしましょう」

「え、ええ……そうね、ごめんなさい……」

諭すように言われて少し正気に戻ったのか、恥ずかしそうに顔を赤らめる。

「いいんですよ。俺も興奮してますから」

「本当？　嬉しいわ……はやく続きをしましょう」

寝室に入ると、今度は俺のほうから彼女を抱きしめた。

「きゃっ！　エド君……」

「シャイナさん、口開けてください。……んぐっ」

言うとおりに開けた口へ、こっちから舌を差し込む。

すると、待っていたとばかりに向こうの舌が絡みついてきた。

そのまま唾液を交換するような濃厚なキスを続けながら、俺は彼女の体に触れ始める。

最初は腰の辺りに両手を置いて、そこからだんだんと下のほうへ。

肉付きのいいお尻に触れると、さすがに彼女の体がビクッと震えた。

「んっ、く、はぁっ……」

「シャイナさん、いつもより敏感になってます？」

「先週は忙しくて、来られなかったから……もう半月ぶりだもの」

そう言えば、大事な会議でしばらく自由に動けなかったと言ってたな。

シャイナさんは毎週ここへやってくるけれど、ご飯を食べた後は大抵こうして俺と体を重ねる。

まさか、国民も自分の国の王女様が、街角の食堂の二階で盛っているとは想像もできないだろう。

こうした関係になったのは、旅の途中で偶然王都の近くを通ったのがきっかけだ。

俺たちが近くに来るとあって、シャイナさんはわざわざ王都から、通過予定の町までやって来てくれた。久しぶりの再会に喜び、一泊の予定がもう一日だけと、出発をズラしてしまったほどに。

その日の夜、彼女が初めて夜這いを仕掛けてきたんだ。

もちろん隣にはステラがいたんだけれど、お構いなし。

これまで会えなかった寂しさをぶつけるように、激しく求めてきた。

「二週間セックスしなかっただけでこんなに発情しちゃって……だんだん我慢が効かなくなってきたんじゃないですか？」

「だって、エド君がまた、たくましくなってるんだもの。もう、昔のように純粋に弟としては見られないわ……」

彼女はうっとりした表情で俺の顔を見つめながら、背中に回した両手で体をさすってくる。

初めてのときも、旅で成長した俺に男性としての魅力を感じてしまい、我慢できなくなったとか。聞いているとこっちが恥ずかしくなってしまいそうな言葉ばかり投げかけられるので、詳しくは問わないけれど。

「こんなに求めてくれてるなら、俺だって頑張らないといけませんね」

甘い言葉を投げかけるような真似は苦手なので、その分を行動で示す。

お尻を撫でていた両手でスカートをめくり上げると、片手を前側から股間に入り込ませた。

「あっ……やっ、んんっ！　エド君っ……あぁぁっ！」

指が下着越しに秘部へと触れて、じんわりと愛液が染み出してきた。

実際に見ずとも、感覚で指先まで濡れてきているのが分かる。

「もうこんなに濡れてるなんて……エッチな王女様だ」

「だ、だって……もう、エド君に触れられただけで体がゾクゾクしちゃうの……」

こうしている間にも彼女の吐息は熱くなって、目は情欲に濡れていく。

元から濡れやすい体質だけど、まだろくな愛撫もしていないのにこの有様だなんて……よっぽど二週間のご無沙汰が効いているみたいだ。

「あひぅっ⁉　あっ、ふぅっ！　だめですっ、そんなに指を動かしてはっ……あぁぁあぁぁっ！」

軽く指一本でさするように刺激するだけでも、シャイナさんは足をガクガクと震わせて抱き着いてくる。俺としてはその喘ぎ声と、胸元に押しつけられる爆乳の柔らかさだけで大興奮だ。

けれど、互いの体はもっと深い交わりを求めている。

「はぁ、はぁっ……指だけでイかされてしまうなんて、寂しいです。エド君、わたくしを抱いてくださいっ！」

「俺もそのつもりですよ。あんまり長居はできなさそうだし、遠慮はしませんからね」

そう言うと、彼女の手を引っ張ってベッドに連れ込む。

今朝、ステラにお目覚めフェラで起こしてもらったベッドだ。

ふたりが楽々寝られるサイズで、この家にある中で一番上等な家具だった。

ステラは、俺とシャイナさんの関係を知っている。

最初にシャイナさんが夜這いに来たときも、すぐに目を覚まして様子を伺っていたらしい。

翌朝目が覚めたときにステラに見下ろされていて肝が冷えたけれど、なんとか理解してもらえた。

ふたりとも強い独占欲がなかったのも幸いして、それから三人での関係が続いているというわけだ。

「シャイナさん、こっちにお尻を向けてください」

「ッ！　わ、分かったわ……」

俺の言葉に一瞬息を飲んだ表情をする彼女。

でも、すぐ期待するような目を向けて、言われたとおりに体勢を変えた。

ベッドの上に四つん這いになって、こっちにお尻を向けてくる。

「おお……やっぱり、シャイナさんのお尻は綺麗ですね。それに、とってもエロい」

さっきも両手で味わったけれど、こうして目の前にするとまた違った興奮が湧き上がってくる。

ステラのお尻より一回り大きいし、肉付きがよくどっしりしていた。

思わず両手を伸ばして触れると、指先が尻肉に食い込んでいく。

「んぁっ……今日は、後ろからしてくれるの？」

「ええ、お望みどおり激しくしてあげます」

「ふふっ、嬉しいわ……エド君も、わたくしの体でたっぷり楽しんでね？」

彼女はそう言うと、こっちにお尻を押し出して誘惑してくる。

さすがに恥ずかしいのか顔を赤くしているけれど、そんなシャイナさんも素敵だ。

「もう濡れてるから、遠慮はいりませんね」

俺は下半身の服を下着ごと脱ぎ捨てると、肉棒を露《あらわ》にする。

これから目の前の極上の美女を犯すという興奮に、すでに限界まで勃起していた。

「おっきい、これで今から……あぁ、お腹が熱くなってしまうわっ！」

肉棒を見せつけられて、シャイナさんの体がより高まっていくのが分かった。

下着を横にずらすと、秘部から愛液があふれ出そうなのが見える。

俺はそこへ肉棒の先端を押し当て、そのまま腰を前に進めていく。

「うっ……あっ、ひぁっ！　んっ、くぅうっ……！」

わずかな抵抗の後、肉棒はズブズブと膣内へ飲み込まれていった。

膣内は思ったとおりすでにトロトロになっていて、牡竿の到着を待ちかねていたらしい。

挿入とともにすぐに、肉ヒダが絡みついてくる。

「う、くっ……すごいな……」

たっぷり濡れた膣内が肉棒を包み込み、ヒクヒクと震えた。

ビリビリとした快感を覚えながら、それでも腰を前に進ませていく。

「シャイナさんの中、久しぶりで喜んでるみたいだ」

ゆっくりと挿入していくときの、決して強いとは言えない刺激にもしっかり反応してくる。

「すごいほぐれ具合だ……もうトロトロですよ？」

挿入に抵抗するどころか、自分から咥え込もうとしているような動きも感じられる。

まるで捕食でもされているような感覚にゾクリとした。

「あうっ、はぁっ……んんっ！　だって、ずっと待ってたんだもの……エド君とエッチしたくて……あぁっ！」

俺がグイっと腰を前に進めると、彼女は反射するように嬌声を上げた。

同時に膣内も震えて、より肉棒を包み込もうとする。

「うぐっ……はぁ、はぁっ……こりゃたまらないな……」

挿入途中でこれだけ気持ちいいなら、本気で動いたらどうなってしまうのか。

少し怖いような気がしつつも、大きな期待を持ちながら腰を動かしていく。

「シャイナさん……もうすぐ、奥に……っ！」

「あぁ、くる、きちゃうっ……あぁぁっ！」

次の瞬間、肉棒と子宮口がキスして全身に震えるような快感が走った。

「ぐぅっ、はひぃ！　これっ、溶けるっ……体が溶けちゃうっ！」

「うぅぅ……すっごいうねりが……」

肉棒を奥まで咥え込んだ膣内は、ウネウネと蠢いてこっちを刺激してくる。

まるで軟体動物にでも絡みつかれているようだ。

「先端から根元まで、全部包まれてっ……くっ！」

想像以上の快感に一瞬腰が止まってしまったけれど、また動かし始める。

「んっ、あうっ！　エド君が、わたくしの中をかき回してっ……あんっ、ひゃうっ！」

ゆっくりとだけれど、大きな動きでピストンしていく。

膣内の感触をしっかり味わいながら、入り口から奥まで丹念に刺激した。

おかげでシャイナさんの体も興奮して、より気持ちよくなっていく。

けれど、彼女はこれだけでは満足できないらしい。

「はぁ、んくっ……エド君、もっとして？　遠慮しなくていいから、激しくしてほしいのっ！」

俺の与えた快感でうっとりした表情になりながらも、なおも求めてくるシャイナさん。

結合部からは愛液が溢れ、濃厚な発情の香りが俺の中の欲望を刺激する。

彼女の淫らな誘惑に、こっちも我慢できなくなっていった。

「……遠慮しませんよ？　おかしくなっても、しりませんからねっ！」

「ひゃっ、あひぅっ！」

肉付きのよいお尻を掴んで肉棒を突き込むと、シャイナさんの口から鋭い嬌声が上がった。

それと同時に解れていた膣肉が嘘のようにギュウギュウ締めつけ、刺激を与えてくる。

「くっ……凄い、搾り取られそうだ」

快感を堪えながらも腰を動かし、王女様の中を責め続ける。

「ああこれっ、これが欲しかったの！　わたくしの一番奥まで貫いて、たくさん気持ち良くしてくれるもの……ぁあっ、ひゅうっ！」

ビクビクッとお尻を震わせ、両手でギュッとシーツを握るシャイナさん。

顔が見えなくても、その表情が快楽に蕩けているのは容易に想像できた。

「乱暴に突かれながらいやらしい声を出して、気持ちいいんだな？　変態王女め！」

興奮で思わず乱暴な言葉遣いになってしまう。

けれど、今回はそれがより彼女を興奮させたようだ。

「ひぃぃっ!?　また強く……あぎゅぅ！　それ好きっ、一番奥を突かれるのがぁ、あひっ！」

ガツガツとシャイナさんの体をむさぼるように犯すと、それに合わせて嬌声が上がる。

パンパン、グチュグチュ、と肉のぶつかる音と卑猥な水音が寝室に響いていった。

傍から見たら乱暴に見えるかもしれないけれど、久しぶりで溜まっていたシャイナさんにはこれくらいでちょうどいいんだろう。

それに、あんなにいやらしく誘惑してきたんだから文句だって言わないはずだ。

俺は柔らかい尻肉を両手で掴んで安定させると、さらに肉棒を突き動かす。

「はぁ、はぁっ……ほんと、国民から慕われてる王女様がこんなところで、昼間っから喘ぎ声を上げてるなんて、誰も想像できないでしょうね！」

「ひぃ、はぁっ、はぁっ……ふぐぅぅぅっ！　い、淫乱でごめんなさいっ！　でも、我慢できなかったのぉ！　あうっ、んっ……あああぁぁっ!!」

さっきより更に呼吸を荒くしながら、吐き出すように喘ぐシャイナさん。

この寝室は魔法で防音されているので、どれだけ声を上げても外に聞こえる心配はない。

けれど、目の前で自国の王女様があられもない姿を晒していて、しかも犯しているのが自分だっていうのは事実だ。

その現実を再認識すると、自然とまた動きが激しくなっていってしまう。

「ふぅ、くっ……！　あぁ……そろそろ、限界かも……」

後先考えず腰を動かしてきたからか、もう抑えきれないところまで興奮が高まってしまっている。

腰の奥から熱いものがせり上がってきて、今にもあふれ出しそうだ。

「ふぁ、あっ……エド君、限界？　んっ……わたくしも、体がどんどん熱くなって止まらないの……んくぅっ！」

相変わらず悩ましい声を漏らしながら、シャイナさんがこっちを振り返った。

快感に耐えるようにベッドのシーツを握りしめながら、切なそうに俺を見つめてくる。

「エド君とのエッチ、気持ちいいけど……このままじゃ満たされないの、わかるかしら？」

「ええ、分かりますよ」

俺のほうからも彼女を見つめ返して、さらに興奮が高まっていく感じがした。

もう一度、目の前にあるお尻を放さないようしっかりと掴む。

そして、そのまま激しく腰を動かし、シャイナさんを再び犯し始めた。

「きゃっ、あぐっ！　激しっ……あぁぁぁぁっ!!」

ガチガチに硬くなった肉棒で膣奥を突くと、シャイナさんの体が震えた。

膣内がわななないて、いっそう肉棒を締めつけてくる。

その激しさは性急にも思えるけれど、的確にこっちの弱点を刺激しているあたり本当に淫乱な体だ。

「うっ……ぐ……そんなに俺のが欲しいんですかっ!?」

「欲しいのっ！　あふっ、はぁ、はぁ……わたくしの中に、エド君の子種たくさん注ぎ込んでっ！お腹の中、満たしてほしいのっ!!」

切羽詰まった声で求められて、俺もとうとう我慢できなくなる。

「なら、出しますよっ！　しっかり受け取ってくださいね!!」

シャイナさんのお尻が赤くなってしまうほど、遠慮ない強さで腰を打ちつける。

寝室内に体同士がぶつかる音と、蜜壺がかき回されるいやらしい音が響いた。

「シャイナさんっ!!」

「ふぐぅぅ……っ！　イクッ……イクッ……あっ、あああぁぁあぁああっ!!」

次の瞬間、限界まで高まった興奮が破裂した。

彼女の体がぶるりと震え、肉棒から精液があふれ出す。

「ああっ……あああぁぁっ！」

腰が蕩けるような快感と共に激しく射精して、シャイナさんの膣内を白濁液で満たしていった。

「イクッ、イってるっ……はひっ……はっ、ふぅっ……んんっ……！」

精液をドクドクと注ぎ込まれながら、王女様がビクッビクッと体を震わせる。

熱い吐息と一緒に蕩けるような嬌声も漏らして、熱い快楽に浸っているようだった。

「はぁ、はぁ……ふぅっ……すごい、全部絞り出された感じだぁ……」

一方の俺も、一時は彼女の様子を把握できないほど絶頂の快感に浸っていた。

極上の美女に中出しする興奮は他に匹敵するものがないほど、雄としての本能を満たしてくれる。

しばらくは繋がったまま絶頂の余韻に身を任せて、ようやく呼吸が落ち着いたあたりで口を開く。

「ん……はぁっ……。ちょっと、さすがに張り切りすぎてしまったかしら……」

「大丈夫ですか？」

「腕が疲れてしまって……少し横にならせてもらうわ。んっ！　くふ……」

シャイナさんは大きく息を吐くと、体から力を抜いて横になる。

うつ伏せだと大きな胸が邪魔になるからか、体をひねって仰向けになっていた。

同時に肉棒も膣内から抜いて、そのときの刺激でわずかに体を震わせる。

俺もベッドに腰を下ろして一息つくと、目の前で肉棒の栓を失った膣内から精液がこぼれ出ているのが見えた。

「あっ……やだ、恥ずかしいわ……」

シャイナさんもそれを感じたのか、羞恥で顔を赤くする。

ただ、まだ絶頂の余韻は完全には消えていないようで、下半身に上手く力が入らず止められないようだ。

「俺は見ていて楽しいから、このままでもいいですけど」

「わたくしは良くないわ！　そうだ、こちらに来てもらえるかしら？」

「え？　分かりました」

どうするのかと思ったけれど、とりあえず言われたとおりに枕元へと移動する。

「もう少しこっちへ……ええ、そのあたりがいいわね。じゃあ……んぁっ」

「うぉっ!?　ちょ、シャイナさっ……くっ！」

なんと彼女は、俺の股間に顔を近づけてフェラチオしてきた。

とはいっても興奮を煽るようなものではなく、舌を突き出して表面を軽く舐めていく。

「あむ、んんっ……れろ、はぁ……エド君の、濃厚なにおいと味がするわ。こんなになるまで頑張ってくれたのね」

いろいろな体液で汚れた肉棒を、彼女は躊躇することなくお掃除してくれていた。

「シャイナさんにお掃除フェラまでしてもらえるなんて、感動ですよ」

「頑張ってくれたエド君へのお礼だもの、気にしないで。ふふ、でも本当に素敵ね。エッチな形で、舐めているとまた興奮してきちゃいそう」

シャイナさんはお掃除を続けながらも、また煽るように俺へ熱い視線を向けてくる。

けれど、俺はそれに対して苦笑いで答えた。

「さすがにそんな状態のシャイナさんを犯せませんよ。かなり興奮して、疲れちゃったみたいですし」

「あら、残念だわ……。でも仕方ないわね、時間も思ったより経ってしまったようだし」

窓から外を見てみると、だいぶ日が傾いている。

集中していて気付かなかったけれど、一時間から二時間くらいは経ってしまったかな。

「あんまり留守にしているとステラに怒られそうですし、勘弁してください」

「分かったわ。ん、ちゅっ……起こしてくれるかしら」

彼女は最後にお別れのキスをするように亀頭へ吸いついて、また俺を見上げる。

それからふたりでなんとか身支度を整えるころには、シャイナさんも自力で動けるくらいに回復していた。

部屋の後始末をした後は、一階へ降りていったんだけれど……。

「おいおい……これは、いったいどういうことだ？」

俺が目にしたのは、何人もの子供たちでにぎわう食堂だった。

一見して見覚えのある顔がいくつかあるから、近所の子供たちだろう。

十人近くはいる彼らは、それぞれパンケーキやフルーツサンドなどを頬張って幸せそうな笑みを浮かべている。

シャイナさんと一緒になって呆然としていると、子供のひとりが俺に気付いた。

「あっ、エド兄さん！　お邪魔してまーす！」

「魚屋さんのところのジャックか。何してるんだ？」

「みんなさっきまで外で遊んでたんだけど、仕事中の大工の親方にうるさいって怒られちゃって……そしたらステラお姉さんが、おやつをごちそうしてあげるからうちに寄ってきなさいって言ってくれたからさ！」

「なるほど……」

厨房のほうに顔を向けると、ちょうどステラが顔を出した。

「はいはい、追加のパンケーキが焼けたわよ！　って、エドとシャイナさん。降りてきてたんだ」

「ああ、まあね。ステラこそ、いつの間に菓子屋になったんだ？」

服装こそ給仕服のままだけれど、手際よく作っているらしく余裕が見えた。

「せっかく元気よく遊んでたのに、いきなり帰れなんて可哀想じゃない。それに、わたしだって多少は料理できるわよ。いつもエドを間近で見てるわけだし」

そう言ってパンケーキを乗せたトレーを持ち上げて見せ、得意そうに笑うステラ。

ただ、彼女は俺の後ろを見て不思議そうに首を傾げた。

「あれ、シャイナさん？　どうしたんですか、そんなに顔を赤くして……」

「だ、だって……まさか、一階にこんなに子供たちがいたなんて思わなくて……わたくしったら、ああ……！」

どうやら、子供たちの頭上であれだけ喘いでいたのが恥ずかしいらしい。

まあ、気持ちは分からなくもない。

「あははは、そう言えばそうなっちゃいますねぇ」

「もうっ！　笑いごとではないのよっ!?　うぅぅ……」

「うっ……す、すみません」

思いもよらなかったと言うステラと、それを見て涙目になるシャイナさん。

そんなやり取りを見て、俺は微笑ましく思ってしまった。

とはいえ放っておくわけにもいかず、ふたりの間に割り込む。

「シャイナさん、ステラのことは許してやってください」

「以後は気を付けます……」

ふたりで頭を下げると、彼女も呼吸を落ち着けて一つ咳払いする。

「おほん……わたくしも、予想外のことで少し取り乱してしまったわ。わざとやった訳ではないものね」

「いやー、ありがとうございます！」

なんとか許してもらえたようで良かった。

そんなとき、背後から背中を突っつかれた。

「ん、どうした？」

「エド兄さん、パンケーキなくなっちゃった！」

「えっ……おいおい、ホントに皿が空になってやがる……」

テーブルの上にあった皿がことごとく綺麗になって、子供たちがこっちに視線を向けている。

どうやら、彼らの胃袋を満足させるには足りなかったらしい。

「よし、店に来た相手は誰であろうと客だ。満足して帰ってもらわなきゃ気分が悪い。満腹になるまでお菓子を作ってやるよ！」

そう言うと、子供たちも満面の笑みになった。

「わーっ！　俺まだまだ食べられるぜ！　パンケーキおかわり！」

「わたし、次はゼリーが食べたいっ！」

「僕はクッキーがいいなぁ。ミルクも一緒に」

次々と遠慮なくぶつけられる要望に、俺とステラは顔を見合わせて苦笑いする。

「こりゃあ大変そうだ。ただ、ディナーまでには満足して帰ってもらわないとな」

「うん、わたしも手伝うよ！」

「おう、お前たち！　注文はいいけどちゃんと行儀よくしとけよ。悪い子はつまみ出すからな！」

「「「はーーいっ！」」」

俺はさっそく準備して、ステラと並んで厨房に立った。

「あいつら、まだまだ食い足りないみたいだから、ドーナツでも作ってやろうか」

「それはいいかも。材料もあるし、すぐ取り掛かれるわよ」

「よし、やろう。シャイナさんは小僧どもが変なことをしないか見張っててもらえますか？」

厨房から顔を出して声をかけると、彼女が驚いたように振り返る。

「えっ……わ、わたくしが？」

「お願いしますよ。猫の手でも借りたい状況なんです」

「分かったわ。でも、ちゃんと出来るかしら……」

「なに、大丈夫ですよ。こっちが作り終えれば大人しくなるでしょうし」

そう言いつつ、俺は厨房に引っ込んでさっそく調理を開始する。

「ステラは油の用意をしておいてくれ。俺は生地をつくる」

「了解よ」

「さて、手っ取り早く作ってしまうか」

とはいっても、ドーナツ作りくらい手順を覚えれば子供でも出来る。

手早く生地を作り終えると、そこから一つ一つクッキングシートの上に成形して載せていった。

本来ならこれから発酵して膨らむのを待たなければならないんだけれど、俺には魔法がある。

いくつも並んだドーナツの生地に手をかざすと、ゆっくり呪文を唱えた。

「我の望む未来をここに『タイムスクロール』」

すると、俺の両方の手の平からタールのように黒い膜が現れて、目の前の生地を覆い隠した。

そして数秒間、両手に魔力を注ぎ続けると膜の中で変化が起こった。

「……よし」

十秒ほど経って、黒い膜は霧散するように消えていく。

そして、後には十分に膨らんだ生地が残った。今使ったのは対象の時間を操作する魔法だ。

コントロールが難しい上、一度に操作できる質量が多くはないけれど、比較的手軽に時間の短縮ができるのは大きい。

調理のときには、こうして発酵の時間を節約したりするのに使っている。

「ステラ、こっちは準備できたぞ！」

「うん、こっちもいいよ。持ってきて」

すでにコンロでは鍋が火にかけられていて、油もちょうどよい温度だ。

俺はトングを使って生地を持ち上げ、次々に投入していく。

「いい具合だね。美味しそうに揚がりそう！」

鍋を覗いたステラはそう言って笑みを浮かべると、冷蔵庫のほうへ行って牛乳の缶を取り出す。

そこからさらに薬缶へ移すと、鍋の隣で火にかけてホットミルクを作り始めた。

「そう言えば、シャイナさんはどうなってるかな？」

「悲鳴は聞こえてこないから大丈夫だと思うけど……ちょっと鍋を見ててくれ」

火元をステラに任せて食堂のほうを覗くと、子供たちがシャイナさんの周囲に集まっているのが見えた。

「へー！　お姉さん、外国にも行ったことあるんだ。すげー！」

「いろいろ聞かせて！　なにか美味しいものあった？」

「わたし、お父さんにリメリアには海くらい大きな湖があるって聞いたんだけど、ほんと？」

「はいはい、質問は順番にしなさいね。北のコッサグラードで食べたお魚は美味しかったわね。西のリメリアに大きな湖があるのも本当よ。向こう岸が見えないくらいだったわ」

どうやら、王族としての見識の広さが子供の話し相手に役立っているようだ。

最初は不安がっていたみたいだけれど、こうしてみると楽しんでいるようにも見える。

元々面倒見がいい性格だし、意外とこういうことにも向いているのかもしれないな。

「エド、片面が揚がったからひっくり返すよ！」

「おお、分かった。どんどん揚げてくぞ」

厨房に戻った俺はステラと協力してドーナツを量産していく。

二十分もすれば、用意した大皿にドーナツがこんもりと盛られていた。

それをホットミルクと一緒に食堂のほうへ持っていくと、子供たちから歓声が上がる。

「おわっ、ドーナツがすげーたくさんだ！」

「おいししそー！　いただきますっ！」

彼らは目の前に現れたおやつに群がり、さっそく自分の分を確保していく。

中にはドーナツをタワーのように積み上げる食いしん坊までいたほどだ。

「まあまあ、みんなそんなに急いで……ちゃんと噛んで食べないと、のどに詰まらせてしまうわ」

シャイナさんは心配しながらも微笑ましそうな笑みを浮かべて見守っている。

俺はそんな彼女に近づいて話しかけた。

「ありがとうございます、子供たちの面倒をみてくれて。意外とうまく行ってたみたいじゃないですか」

「ええ、そうみたいね。わたくしも意外だったわ。でも、会議で貴族たちと難しい話をするより、よっぽど楽しかったの」

「そりゃあ良かった。シャイナさんの分のミルクも用意してありますから、一緒にどうですか？」

「まあ嬉しい。もちろんいただくわ」

それから俺は、子供たちの隣のテーブルにステラやシャイナさんと座りしばし休憩することに。

しかし三十分もするとあれだけあったドーナツが嘘のようになくなってしまい、改めて子供の食欲に恐れおののいた。

お腹いっぱいになった彼らを見送った後は、再び店を開いて夕食を食べにくるお客さんを迎える。

いつもならシャイナさんはそろそろお城へ帰るんだけれど、タイミングを逸してしまったようだ。

今日は一日お休みということで、もうしばらく滞在するらしい。

しかも、手持ち無沙汰でいるのもつまらないからと、ステラと一緒に配膳を手伝ってくれた。

「エド君、とりあえずワインとソーセージと柔らかいパンを貰うよ」

「こっちはビールと……おっ、新しく給仕の子が増えたのか？　またえらい別嬪《べっぴん》だなぁ」

「はは、昔からの友人なんですよ。今日はたまたま王都にやってきて、手伝ってもらってるんです」

案の定、美人の給仕が増えたことに常連さんは反応していたけれど、俺たちの友人ということで納得してもらう。

今夜訪れたお客さんたちも、まさか自国の王女様に食事を運んでもらったとは思わないだろう。

一般市民が王族の姿を見る機会なんてそうないし、顔が知られていないのは自然だ。

「新人のお姉さん、こっちにビール二つね！」

「こっちはポテトのフライと、クラムチャウダーを一つずつ！」

「はい、追加注文ですね。ステラちゃん、そのトレーはこちらのテーブルに」

「了解！　よっ、はいお待ちどおさま！」

どうなるかと思ったけれど、記憶力が良いからか意外とうまくやっている。

子供を相手にしていたときもそうだけれど、一般市民の暮らしに溶け込むのを楽しんでいるようだ。

普段は王女様暮らしだけれど、意外と生活力は高いのかもしれない。

それからも途切れずやってくるお客さんを三人でさばき続ける。

シャイナさんが即戦力となってくれたおかげで仕事も捗《はかど》り、いつもより早めに料理を提供できたと思う。

やがて夕食を終えたお客さんたちが続々と食堂を後にして、閉店時間間際に、カウンターで酔いつぶれそうになっている人にはステラが回復魔法をかけてお帰り願う。

こういうとき魔法の存在は便利だ。

どれだけ泥酔しているお客さんも、ステラにかかれば一発で正気に戻るんだから。

せっかく酔っぱらったのに魔法で一気に目を覚ましてしまうのは申し訳ない気持ちもするけど、飲みすぎは自業自得だと思ってもらおう。

「ふう、これで今日も閉店だな」

「『クリーン・ワイドエリア』！」

扉をしっかり戸締りすると、ちょうどステラが食堂内の掃除を終えたところだった。

一定の範囲内を清潔にする魔法で、旅の最中では野営をするときなどにお世話になる。

今はもっぱら食堂や厨房で使って、掃除の時間を短縮させていた。

ステラとふたりで店を切り盛りするには、こうした魔法が不可欠だ。

「これで今日の営業は終わりなのね。お疲れ様」

「シャイナさんこそ、手伝ってくれてありがとうございます。助かりましたよ」

「いいえ、わたくしのほうも楽しませてもらったわ。とてもよい気分転換になったもの」

「そう言ってくれると、こっちとしても嬉しいです」

片付けも終わり、三人でカウンターに並んでステラが淹れてくれたお茶を飲む。

「そう言えば、シャイナさんは今日休みだって言ってましたけど、さすがに帰らないとまずいんじゃないですか？　というか、もうお城の門がしまっちゃってるかも……」

「心配しなくていいのよステラちゃん。ふふ……王族しか知らない、街につながる抜け道がいくつかあるの。それを使って、朝までに戻れば大丈夫よ」

気を使って言ったステラに対し、いたずらをするような笑みを浮かべて答えるシャイナさん。

「うわ、それ本当にヤバい機密じゃないですか！」

「墓まで持っていかないといけない秘密が、また増えたなぁ」

驚いた表情をするステラの横で、俺は苦笑いしてしまう。

他にも王国から口留めされている情報をいくつも知ってしまっている俺たちだけれど、そこにもう一つ機密情報が加わってしまったわけだ。

「そういうことで、実は今日は、このまま一泊させてほしいのだけど、いいかしら？」

「もちろん、歓迎しますよ。なあステラ？」

「そうだね、一応客間もあるし。あ、でもお風呂を用意してないよ？　シャワーならすぐ使えるけど」

「いえ、十分すぎるわ」

「じゃ、さっそく準備してくるわね！」

お泊まりに向けたやり取りをするふたりを見て、俺はまるで姉妹みたいだなと思ってしまう。

ステラは確か姉妹がいなかったはずだけれど、女性同士が仲良くなると、自然とこうなるのだろうか。

そんなことを思いながら、お茶の入った湯飲みを傾ける。

それからしばらくして、シャワーの用意が出来たらしくステラがシャイナさんを連れていった。

続けてステラもシャワーを浴びるだろうし、その間に明日の営業の準備をしてしまうことに。

準備と言ってもいわゆる仕込みの工程は魔法ですっかり短縮できるので、朝からやっていけばいい。冷蔵庫の中身を見て在庫を確認し、ランチセットのメニューをどうするか考える程度だ。

「ううん……鶏肉がちょっと多めだな。唐揚げ定食にでもするか」

Aセットはこれで決まりだが、さてBセットをどうしようか……。

うんうんと考えている内にかなり時間が経ってしまったらしく、ステラが俺を呼びに来た。

「エド、お風呂空いたよ。早めに入ってね」

「ああ、分かった。すぐに行くよ」

食材は頭の中に入っているので、考えつつもシャワーを浴びることに。

厨房は魔法で換気しているとはいえ、コンロの近くは必然的に熱くなって汗をかく。

しっかり頭からシャワーを浴びて体を洗い、脱衣所に出るころには一つアイデアが浮かんでいた。

「うん、Bセットは親子丼にしよう。それがいい」

これで鶏肉の在庫は一気に消化できるはずだ。

俺は自分の考えに満足して寝室へ向かう。

もうステラもシャイナさんも部屋に戻って休んでいるだろう。

俺もさっさとベッドで横になり、ぐっすり眠ろうと思ったのだが……。

「……どうして、ふたりともここに居るんだ？」

寝室の中に入ると、ふたりが俺を待ち構えていた。

しかも、準備万端にベッドの上で。

「どうしてって……エド、この光景を見てまだ分からないの？」

驚いた俺の様子を見て、ステラが楽しそうに笑う。

「まさか、三人で仲良く親子のように寝ようって訳じゃないよな……」

そう言って返すと、今度はシャイナさんが呆れたようにため息をついた。

「もう、この状況で冗談を言っても笑いは取れないわよ、エド君？」

「確かにそうですね……」

頷いて観念したようにベッドへ近づいていくと、彼女たちも満足そうな表情になる。

「せっかく三人でいるんだもの、一緒にするのもいいと思うわ」

「シャイナさんに誘われちゃったら断れないよねぇ。まあ、エドはご奉仕を素直に受けなさい！」

ベッドに上がると、俺はふたりから腕を掴まれて押し倒された。

「うおっ！　参ったな……」

仰向けで横になった俺を見下ろすふたり。

どちらもやる気満々のようで、内心舌なめずりしているだろう。

普通の女性がどうかは知らないけれど、少なくともこのふたりに関しては、俺とのセックスにハマってしまっているようだ。

「はいはい、そのまま動かないでねー」

まず動き出したのはステラだった。

彼女は四つん這いになって俺へ近づくと、腰に手を伸ばして下着ごとズボンをズリ下げていく。

そして、躊躇なくそのまま股間へ顔を寄せた。

「んっ……シャワー浴びたばっかりだから、いつもよりしっとりしてる」

まだ刺激されておらず柔らかいままのそれへ、そっと触れるようなキスをした。

「いくらシャワーを浴びたばっかりとはいえ、躊躇がないな」

「当たり前だよ。今まで何度咥えてると思ってるの？　んちゅ、はむっ……」

「うっ……おぉ……」

優しいキスの感覚に思わず息が漏れてしまい、それを見たステラは楽しそうな笑みを浮かべた。

まだ気持ちいいというよりむずがゆい感じだけれど、彼女からの親愛の気持ちは伝わってくる。

「ふふっ、気持ちいい？　これからもっと、気持ちよくしてあげるからね！」

それから彼女は続けてキスしながら、徐々に舌も使い始める。

キス自体も触れるだけのものから、刺激を与えるためにより長く接触したり。

付き合いが長いだけあって、どこを刺激すれば俺が興奮するのか心得ている。

お蔭で俺のほうも徐々に快感を味わい始めていた。

「むぅ……わたくしも、負けていられないわね！」

そして、横で様子を見ていたシャイナさんも、ステラの熱心な奉仕にあてられて動き始めた。

ふたりで俺の体を挟むように位置を取りながら、上半身へ近づいてくる。

「下のほうはステラちゃんに任せるから、わたくしは上のお世話をしようかしら」

「シャイナさんにしてもらえるなら、なんだって大歓迎ですよ」

「あら、嬉しいことを言ってくれるのね」

小さく笑みを浮かべながら、彼女はそのままキスしてくる。

「はうっ……ん、ちゅっ！　はぁ……ん、れろっ、ちゅむっ……」

「ん、く……シャイナさん……」

彼女は躊躇することなく、最初から舌を入れてきた。

俺はそれに答えるように舌を迎え入れ、こっちからも絡ませていく。

「んんっ……はぁっ……エド君とキスしていると、どんどん体が熱くなっていくわ……」

「俺だって。シャイナさんとのキス、すごく興奮しますよ」

市民たちが仰ぎ見るべき存在である彼女と、こんなにエロいキスが出来てるんだ。

背徳感で背筋がゾクゾクするし、何よりシャイナさんもキスが上手いので純粋に気持ちいい。

セックスとは違うけれど、互いの体液を交換するような濃厚な交わりに心臓が高鳴る。

「シャイナさん」

「んっ……はぁ、じゅるっ！　とってもエッチな気分になっちゃうわ、うふふっ♪」

今度はこちらから唇を寄せると、彼女は嬉しそうに出迎えてくれた。

互いの唇を吸うようにキスをして、どちらともなく笑みを浮かべる。

「んあぁっ！　はふっ、はぁ……エドのここ、どんどんおっきくなってきてる……」

キスに夢中になっていると、ステラが顔を上げてこっちを見つめてきた、

「シャイナさんとのキスで興奮した？」

「ステラのご奉仕も気持ちいいよ」

「ふふ、そうなら嬉しいけど……まあ、ここから逆転してあげるわ」

ステラは何やらニヤニヤ笑みを浮かべると、硬くなり始めた肉棒を手に持つ。

そして、俺に見えるように口を開けて咥え始めた。

「あふっ、はもぉっ……んんっ！」

「うおっ！　ステラの、口の中に……うぁ……」

肉棒が温かくヌメヌメとした口内に包み込まれて、その感触にため息が出る。

今までのキスフェラや舌で舐められるのとは違う、包み込まれるような感覚だ。

このまま舌を動かして舐めてもらえたら、どんなに気持ちいいだろうか。

「ん、んんっ……まだまだ、これから……」

「なっ、うおっ!?　これ、喉のほうまでっ!?」

けれど、肉棒は口内で止まらずにもっと奥まで進んでいった。

「んっ、んっ……んぇ……はぶぅっ！」

結局、ステラは普段より数割増しで肉棒を深くまで咥え込んでしまった。

おかげで俺の股間に彼女の鼻先がくっつくような状況で、絵面的にかなりエロい。

「ぐ、ふぅっ……んんっ、はぁっ！　はぁはぁ……んむ、れろぉ……」

その上、肉棒を飲み込んだ状態で彼女は頭を動かし始める。

口内でピストンさせるように頭を前後させ、しごくように刺激してきたのだ。

本人の一生懸命さも加わって、俺は一気に蕩けるような快感に襲われた。

「んぐ、んぁ……はぁ、んぶぅっ！」

「ステラッ……ぐ、ううっ……それはヤバいっ、くっ！」

さっきまでのものとは違う、明確に俺を射精まで導こうとする奉仕に声が出てしまう。

「あぶ、んはぁっ！　はぁ、はぁ……あはは、声出ちゃうほど気持ちいいんだ？」

「そっちだって息が上がってるぞ、大丈夫か？　でも……半端ないくらい気持ちいいよ」

ステラの大胆な奉仕のおかげで肉棒は一気に硬くなってしまった。

しかも、俺の言葉でさらにやる気が出たのか、ステラはまた奉仕に戻る。

「はふっ、んぷ……じゅるる、れろぉ……んぐっ！」

「すごいわ、もうこんなに……さすがに経験が違うのかしら」

俺の隣でステラの奉仕を見ていたシャイナさんが感心したようにつぶやく。

「これはわたくしも負けていられないわね」

「シャイナさん？」

「エドくんはそのまま寝ていていいのよ。一宿一飯のお礼のつもりでご奉仕するから」

優しく笑みを浮かべた彼女は、自分の胸元に手をやって、静かに服をはだけた。

その途端、それまで押さえつけられていた爆乳が露《あらわ》になる。

「うわ……」

シャイナさんの胸は、一部の例外を除けば、今まで見てきた中で一番大きい。

爆乳と言ってよいサイズにかかわらず、形も整っていて見ているだけで幸せになりそうだ。

「エド君、大きな胸は嫌いじゃないものね？」

「嫌いどころか大好きですよ」

あるかないかで言えば、断然あったほうがいい。

「ふふ、じゃあ思う存分味わってもらおうかしら♪」

そう言うと、彼女は前のめりになった俺の顔に胸を押しつけてきた。

「うっぷ!?　ふぐっ……ふ……っ！」

顔面へ温かい柔肉が押しつけられ、天にも昇るような気持ちになってしまう。

「エドくん、どうかな？」

「あぁ……最高すぎますっ……」

爆乳王女様にパフパフと胸を押しつけられて、落ち着いていられるわけがない。

ステラのディープスロートと合わせて全身が蕩けそうなほど気持ちよかった。

「んふぁ、れろっ……口の中でビクビクしてるっ……」

「こちらも、胸の谷間で息が荒くなっているみたい」

息をするごとにシャイナさんの匂いが流れ込んできて、脳内が蹂躙されそうになる。

何もしなくとも、ステラが勃起した肉棒を根元まで咥えて、じゅぷじゅぷといやらしく舐めしゃぶってくるのだ。

もう、そろそろ限界が近かった。

「はぁ、はぁ、ふぐっ……これっ、もうダメだっ！」

覆いかぶさっていた爆乳から顔を出し、息を継ぎながらも伝える。

「もうイってしまいそう？　かなり興奮しているみたいね……ステラちゃん？」

「んんっ、はぶっ！　エド、イっていいよ！　また受け止めてあげるからっ！」

ステラも肉棒で口をいっぱいにして息が苦しいんだろう。

顔を赤くしながらも、俺に伝えてくる。

その言葉で、我慢しなければという思いも消え去ってしまった。

彼女ならすべて受け止めてくれるだろうという信頼が体から力を抜いていく。

「エド君、もう一度キスして？」

「シャイナさんっ……そんな……ぐっ！」

そんな俺にとどめを刺すように、エロい王女様がまた唇を重ねてきた。

「あむ……ちゅっ、はぁっ！　エド君っ！」

「う、ぐっ！」

舌同士が絡み合い、それが合図になったかのように全身に快感が巡っていく。

そして、とうとうステラの口の中に欲望をぶちまけた。

「んぐううぅぅっ!?　んんっ、あぶっ！　んぐっ、はぁ……ごくっ！」

肉棒がドクドクと打ち震えながら射精し、ステラの口中へ精液を注いでいく。

彼女は一瞬目を丸くして驚いたけれど、すぐに舌を動かして脈動を受け止めた。

さすがに奥まで入れていては咽《む》せてしまうようで、中ほどまでを咥えながらゴクリゴクリと、吐き出されたものを飲み込んでいく。

「はむっ、んんぅ……はぁはぁ、ごくんっ！」

やがて射精が治まると、最後の一滴を飲み込んだステラが顔を上げる。

彼女は完全に発情していて、いやらしい笑みを浮かべていた。

「ステラ……」

「エド君の精液、すっごく濃かったよ。こんなもの飲まされて、我慢できるはずないんだからっ！」

彼女はそう言うと、体を起こして俺の腰に跨った。

これから騎乗位で、二回戦目をしようという意図は明らかだ。

「ステラちゃんがこんなに大胆になるなんて、よっぽど興奮しちゃったのね」

シャイナさんも体を起こし、俺のことを見下ろす。

彼女もステラの乱れた姿にあてられたのか、先ほどより熱い視線になっていた。

「はぁ、んんっ……エド、いいよね？　わたし、自分でするから……あんっ！」

「ステラ？　うおっ！」

気づけば、彼女はいつの間にか下着を脱いで秘部をさらしていた。

そして、そのまま俺の肉棒に割れ目を押しつけている。

激しいフェラと射精を受け止めた興奮で十分に濡れているらしく、ヌルヌルとした潤いが感じられた。

「もう、こんなに濡れてるのか……」

「だって、エドにたくさん気持ちよくなってもらって嬉しかったから、今度はわたしも一緒に気持ちよくなりたいのよ！」

「そんなふうに思ってくれたのか、それは俺も嬉しいな」

普通ならあんなに大胆な奉仕をしてもらって、男のほうが泣いてお礼を言う立場なのに。

でも、せっかくいい気分になっているのに余計なことを言うのはなしだ。

彼女が一緒に気持ちよくなりたいって言うなら、俺もそれに協力しなくちゃ。

「んん……はぁ、ふっ……エドはどう？　もう一度、できる？」

「ああ、もちろんだ。また大きくなってくのが分かるだろ？」

あれだけ大量に口内射精して、肉棒も一度は柔らかくなってしまった。

けれどステラからこれだけ求められて、たぎらないわけがない。

彼女の秘部に押しつぶされるような形になりながらも、また徐々に硬くなっていった。

「あっ、ほんとにまたおっきくなってきてる……んんっ！　熱いっ、はぁっ……」

肉棒の熱を感じたのか、ステラもより興奮してきたようだ。

腰が勝手に動き、素股のように俺を刺激してくる。

「う、くっ……それ、気持ちいいな……」

「ほんと？　じゃあ、もっと動かしてあげるねっ！」

嬉しそうに笑みを浮かべながら、腰の動きを徐々に大きくしていくステラ。

あふれ出た愛液によってクチュクチュと卑猥な水音が響くけれど、もうこれくらいでは恥ずかしがる様子はない。

「あふっ、はぁ、んぁっ……わたしも、アソコにこすれて気持ちいいかもっ……んんっ！」

ステラは快感で表情を蕩《とろ》かしながら、動き続ける。

そんな彼女を見て、横にいたシャイナさんが羨ましそうな表情をしていた。

「あぁ、ステラちゃんばかり気持ちよくなってる……ねえ、エド君。わたくしも一緒にしてもらっていいかしら？」

「い、一緒にですか？」

「もう見ているだけじゃ我慢できないわ！　お腹の奥がどんどん切なくなって、我慢できないの」

ああ、そんなに目を細めて縋《すが》るように見つめられたら断れないな。

「いいですよ、シャイナさんも一緒に気持ちよくなりましょうね」

「ふふ、ありがとうエド君っ♪」

そう言うと、彼女は腰を上げて俺の頭を跨ぐ。

ちょうどステラと対面するような大勢で、そのままゆっくりと俺の顔にお尻を下ろしてきた。

やがて股間が間近に迫ったところで、俺は自分から彼女を迎えに行く。

「ん……れろっ」

「ひゃんっ!?　あぁっ、熱い舌がっ……！」

指で下着を横にずらし、舌を伸ばして秘部を舐めあげた。

唐突な刺激にビクッと腰を震わせ、嬌声が上がった。

「シャイナさんも、エッチな声出てますよ？」

「やだ、そんなふうに言わないで……あっ、またっ！　んくっ、やめっ……あぁぁっ！」

シャイナさんが恥ずかしそうにしていたので、また責めたくなってしまい舌を動かす。

自分の手で彼女が喘いでいると思うと、より興奮してきた。

「あぁ、すっごく硬くなってる……さっきより大きいかも。ねえ、もういいでしょう？　中に入れちゃうね？」

ステラもシャイナさんの乱れ具合を見て我慢できなくなったのか、少し腰を上げると自分の手で肉棒を挿入していく。

「はぁっ……んっ、くぅぅっ!!」

「おぉ……これは、すごい濡れ具合だっ……」

先端からどんどん中に飲み込まれていき、途中で止まることなく奥まで進んでいく。

やがて彼女が腰を最後まで下ろすと、同時に先端が膣奥に到達した。

「はうっ、はぁっ……ふぅ、んんっ、全部入ったわね」

「ああ、奥までしっかり……くっ、まだ腰が動いていないのに、しごかれてるみたいだっ！」

あっさりと肉棒を受け入れた膣内だけれど、一度奥まで入ってしまうと今度は逃がさないように締めつけてきた。

グニグニと肉ヒダが動いて、根元から先端まで刺激してくる。

「だって、もっと気持ちよくなりたくて勝手に中が動いちゃうの……やふっ、はぁっ、わたしにも止められなくてっ！」

ずっぷりと奥まで咥え込んだまま、快感にピクピクと腰を震わせるステラ。

視界がシャイナさんのお尻でふさがっているために見られないけれど、とてもエロい表情をしているのは容易に想像できた。

けれど、俺はそれでは足りずにもっと気持ちよくしてあげたくなる。

「さっきはステラにご奉仕してもらったから、今度は俺が頑張らないとな」

「はぁはぁ……えっ？　何を……」

彼女が言葉を言い終わるまでに、俺は腰を動かし始めた。

「あぐっ!?　あっ、ひゃあっ!?　やっ、動いちゃっ……ひんっ！　今は入れたばかりで敏感だからあっ！」

「なら、逆に頑張りどきだな！　ステラを目いっぱい気持ちよくできる！」

「エドがしなくても、わたしが動くからっ！　やぁ、ひうっ！　きゃっ、あぁぁぁっ！」

ズンズンと突き上げるように動かすと、そのたびに押し出されるように嬌声が上がった。

フェラチオに加えて素股までしたせいか、だいぶ性感が高まっていたようだ。

単純に突き上げるだけでも、いつもの数割増しで快楽を感じているらしい。

それに、ステラを感じさせようとしているのは俺だけではなかった。

「ステラちゃん、とっても可愛いわ……わたくしも手伝うわね？」

「えっ？　なっ……胸っ、あぁっ！」

乱れる彼女を正面から観察していたシャイナさんが参加したのだ。

俺に突き上げられて揺れる胸元に手を伸ばし、はだけさせる。

大きさではシャイナさんに劣るけれど、十分巨乳と言っていい乳房がこぼれ出た。

「本当に綺麗だわ。思わず弄りたくなってしまうくらいに」

「シャ、シャイナさんっ!?」

困惑するステラに対し、彼女は容赦なく指を動かす。

「たくさん弄られてるから、どうすれば気持ちよくなれるのかはよく分かっているの。ほらっ」

「あっ、んんっ！　両方、触って……あくっ、ひんっ！」

彼女は両手をステラの胸に伸ばし揉み始めたらしい。

手つきも巧みなようで、ステラの口からも耐えきれず喘ぎ声が漏れている。

そして、その声を聴いている俺も対抗心が湧いてきた。

「へえ、俺も負けてられないなぁ」

両手でがっしりとステラの腰を掴むと、そのまま先ほどより激しく腰を突き上げる。

「えっ、一緒にっ……くぅっ！　ま、待って、ねえ……ダメっ、うぅぅっ!!」

遠慮なく腰を突き上げると、こもったような声を漏らすステラ。

なんとか自分を保とうとしているようだけれど、そうはいかない。

俺はシャイナさんへの愛撫を続けながらも、よりステラの奥へ割り込むように腰を動かした。

「我慢なんてしなくていいのよ？　んはっ、ふぅっ……一緒にたくさん、気持ちよくなりましょうね♪」

同時に、シャイナさんも示し合わせたように胸への愛撫を強めた。

「ひゃ、やぅ……ひぃぃっ！　やめっ、あああぁっ！　ふたり一緒になんてズルいよぉっ！」

ステラはあまりの気持ち良さに涙を浮かべながら、俺たちへ抗議する。下から肉棒に突き上げられ、上からはシャイナさんの手で愛撫され、刺激を受け止める余裕がないみたいだ。

「うふふ、可愛らしい顔をしているわ。聖女のまま表舞台にいたら、国を傾けていたかもしれないわね」

シャイナさんは楽しそうに言いながら、ステラの乳房を弄びつつ首筋にキスする。

敏感な部分を刺激されて、彼女が「ひっ」、と小さく悲鳴を上げた。

「あんまりいじめすぎないでくださいよ。本気で泣かれたら困るんだから」

「そんなこと言っても、エド君だって止める気はないじゃない？　大丈夫、そっちに合わせるわ。だから、わたくしも十分気持ち良くしてね？」

目の前のたっぷり肉の付いたお尻が自己主張するので、俺は黙って秘部へ舌を這わす。

言葉では余裕があったけれど体は興奮しているからか、すぐに濃い愛液が流れ出てくる。

それを舐め取るようにしながら腰も使い、上にいる女性ふたりを満足させるべく気合いを入れた。

「はひっ、んくぅっ！　はぁ、はぁっ……あぅぅぅっ！」

「あっ、舌が中にっ……ひゃうっ！　中、舐められちゃってるっ！」

もうステラは言葉を発する余裕もないようで、ひたすら嬌声を上げている。

それに比べるとシャイナさんはまだ余裕がありそうだけれど、かなり興奮しているのは間違いない。俺が舌を動かすごとに秘部から濃い愛液が垂れてきて、口元を汚されてしまうからだ。

「じゅるっ、れろっ、全部舐めとってあげますからね」

「んぅ、恥ずかしいわっ！　でも、すごく興奮してしまうの……エド君がわたくしの淫らなお汁を舐めとってるなんて……んっ、あふぅっ！」

ちょうど、今のシャイナさんはさっきの俺と同じ気持ちなんだろう。

欲望の塊を相手に味わってもらい、その背徳感で興奮してしまっている。

そう考えると、こっちももっと頑張りたくなってしまう。

「じゅる……シャイナさんの中、たっぷり味わってあげますからね」

「んんっ、くっ……ひゃっ！　また、舌が動いてっ……内側、舐められちゃうっ！」

ビクッビクッと腰を震わせながら悩ましい声を上げるシャイナさん。

その声に俺も興奮を高めつつ、ラストスパートに入っていった。

「はぁ、はぁっ……このまま、ふたりともイかせてやるっ！」

息を荒げながら、舌と腰を使って彼女たちを追い詰めていく。

ふたりも俺の気持ちを感じ取ったのか、今まで以上に自分を乱れさせていった。

「あう、はうぅっ！　わたしっ、もう無理だよっ！　我慢できなくてっ、イっちゃいそうなのっ！」

激しく突き上げられながら、それを受け止めるように柔らかく腰を動かしているステラ。

それでももう衝撃を受け止め切ることができず、一突きごとに快感が全身へ巡っていく。

「わたくしもっ、んはっ！　エド君にイかされてしまうわっ！　このままっ、みんなで一緒にイキたいのっ！」

さすがのシャイナさんも、もうステラを愛撫する余裕を失っているらしい。

舌遣いで蕩けきった膣内は、もう些細な刺激でも極上の快感に変換して彼女を乱れさせている。

俺も腰の奥から熱いものがせり上がってきて、もう抑えきれない。

その欲望の塊を彼女たちにぶつけるように、最後に出来るだけ奥へと自分のものを突き込んだ。

「エドッ！　きてっ、今度はお腹の中に……あぁっ、んぎゅっ！　出してっ、子宮に精液ぃっ！　ひゃふっ、ひぃぃぃいいいぃぃぃっ!!」

「ひぁ、はぁあっ……んんっ！　こんなはしたない格好でっ、あんっ！　イクッ、イクのっ！　あうううぅぅぅううっ!!」

ステラとシャイナさんが同時に全身を震わせ、絶頂に至る。

それと同時に、俺もステラへ思いっきり中出しした。

「んぐっ、あふぅぅっ！　ドクドクって、出てるっ！　わたしの中、エドでいっぱいだよぉ……」

「くっ、中の動きも……全部搾り取られるっ！」

絶頂と共に膣内も大きく蠢いて、本能的に子種汁を絞り尽くそうとしてきた。

ドクンドクンと精液があふれ出て、そのたびにステラの体がビクッと震える。

そんな状態も数十秒経つと落ち着いて、さらに数分経つと絶頂の興奮も引いてきた。

「はぁ、んくっ……ふぅ……とっても気持ちよかったわ、エド君♪」

まずシャイナさんが俺の顔からお尻を退けて、代わりにお礼のつもりかキスしてきた。

その次に、ステラもなんとか腰を動かして肉棒を引き抜き、ベッドへ腰を下ろす。

「はふぅ……腰がビクついちゃって、もう一歩も動けないよ……」

「それだけ気持ちよくなってくれたってことだろ？　俺は嬉しいけどな」

「ほんとに大変だったんだからね？　気持ちよすぎて、体がバラバラになっちゃいそうだったわ！」

どうやら感じすぎで大変だったのは事実らしく、ちょっと頬を膨らませている。

そんな姿も可愛いけれど、あまりからかうと怒りそうだしな。

「手加減できなかったからな。悪かったよ」

俺は起き上がると、そう言ってステラにもキスしてあげる。

すると機嫌を直したのか、満足そうな笑みを浮かべた。

「そろそろ寝ようか、明日もまたお客さんが来るし」

俺はそう言ってふたりを誘い、川の字に並んでベッドへ横になる。

「おやすみエド」

「おやすみなさいエド君」

彼女たちはそれぞれ、自分のほうにある俺の腕を抱きながら目をつむる。

「ああ、おやすみ、ふたりとも」

俺も両隣にあるにある温かさを感じながら、静かに眠りにつくのだった。

第二章　弟子入り志願の少女

俺たちの営むランダル食堂は、毎日十時から開店する。

もっと早くから店を開ければお客さんも入るんだろうけれど、なにせ、従業員がふたりしかいないからな。

あれからは、シャイナさんが来たときは本人の希望で手伝ってもらうこともあるけれど、あくまで例外だ。夜も、他の酒場なんかと比べれば比較的早く店じまいにする。

それでもやはり、お昼時や夕飯時はかなりお客さんが多くなって大変だ。

「ステラ、三番テーブルのオムライス出来たぞ！」

「はーい！　追加で四番カウンターにアジフライの大盛りもね！」

「はいよ。ふぅー、熱いなぁ……」

新たな注文のメモをボードに貼り、水筒から水を飲んで汗を拭く。

もう夕方で外に出れば涼しいんだろうけれど、厨房は熱気が籠っていた。

魔法による換気も完ぺきではなく、特にコンロの近くは空気が熱い。

旅の途中では砂漠地帯や溶岩が流れているような場所にも訪れたけれど、それとはまた違った気分だ。

一時的ならともかく、毎日毎日こうして熱気を味わうのはうんざりする。

それでも、食堂でお客さんたちが美味しそうに食事をしているのを見ると嬉しくなった。

「よし。さて、次の注文はなんだったかな？」

一息つくと気合を入れなおして仕事に戻る。

さっきまで使っていたフライパンの代わりに、今度は中華鍋を用意した。

鍋に油を引くと、次に卵を落とす。作るのは西国のリメリア風にアレンジしたチャーハンだ。

国土の三割近くを占める巨大な湖を有するリメリアは、とても魚介類が豊富。

海の幸とは少し違う湖の幸をふんだんに使った料理は旅行者にも評判だ。

今作っているチャーハンには、召喚魔法で取り寄せた新鮮なエビや貝が入っている。

これは、契約した漁師が定期的に用意してくれるものだ。

現地の人間から直接買い付けることで、仕入れ値は普通よりずっと安くなっていた。

おかげで料理自体のお値段もお手頃価格に出来ている。

「ふむ、そろそろいいな」

具をあらかた炒めると、今度はご飯を投入していく。

ご飯が固まったままにならないよう、スムーズにほぐしていくのが肝だ。

召喚魔法というのは魔法の中でも高度なものなので、使用者がそう多くない。

しかも術者が一度行ったことのある場所からしか召喚できないので、通常は制限も多いんだ。

けれど、俺の場合は世界中のあちこちに、召喚魔法を使うために必要なマーキングを行っている。

大陸の隅々までとはいかないけれど、世界でも有数の召喚ポイントを持っていると言えるだろう。

この世界では、前世みたいに世界一周旅行なんてできる人間は両手で数えられるほどだからな。

そうこうしている内にリメリア風チャーハンができあがり、皿へ盛り付ける。

「ステラ、チャーハン出来たぞ！」

食堂のほうへ声をかけて、今度はアジフライにとりかかる。

ちなみに、俺が直感的に分かるようにアジフライと名前がついているけれど、使う魚は鰺《アジ》ではない。ただ、鰺によく似ていて比較的入手しやすいので、庶民の間でもよく食べられている。

ただ、どうも今までは、この魚をフライにして食べる調理法はなかったようだ。

おかげでお客さんたちにとっては新しく独創的な料理に見えたらしく、安さもあって人気メニューの一つになっている。

このほかにも、俺の都合で料理名をつけたものがいくつもある。

「一、二、三、四っと」

衣をつけて油へ投入すると、すぐジュワジュワと美味しそうな音が響き始める。

俺はこうして料理が出来上がるのを待つ時間も好きだ。

注文が重なるとのんびりしていられないけれど、衣がきつね色に変わって美味しい匂いが漂い始めるとワクワクする。

旅の中では食事が数少ない娯楽だったので、料理するのも食べるのも実益を兼ねる趣味になっていた。

やがてアジフライも完成し、千切りにした葉野菜と共に皿へ盛りつけてカウンターに出す。

すかさずステラが受け取って席に運んでいった。

「ん……これでひと段落かな？」

再び水筒から水分補給しつつつぶやくと、戻ってきた彼女が頷く。

「ええ、今のところ……あら？」

彼女が振り返ると、ちょうど扉が開いてひとりお客さんが入ってきた。

どうやら年頃の少女のようで、まだ二十歳前くらいかな？

地味めな茶髪をショートボブにしていて、背筋もピンとしており真面目なイメージだ。

なかなか肉付きもよいけれど、お腹周りや腕など引き締まっていて、何か運動でもしているんだろうか。

堂々としていれば存在感がありそうだけれど、今は視線が左右に泳いでいてソワソワとしている。

「いらっしゃいませ。おひとり様ですか？」

「は、はい！」

「じゃあ、奥のカウンターが空いているのでそちらに。すぐお水をお持ちしますね」

ステラに言われるまま移動して席に着く少女。

顔に見覚えもないし、初めてのお客さんだろう。

「はい、お水です。ご注文はすぐ決まりそうですか？」

「ええと、まだ……でも、すごく品数が多いですね」

カウンターに座った少女が、目の前にあるメニュー表を見て少し驚いた顔を見せた。

この世界は現代日本ほど発展していないので、食料を運ぶ流通網も、国を超えるほど遠くまでは伸びていない。

それでも王都なだけあって外国産の食品もいくつか入ってくるんだけれど、決まって高価だ。

結果的に王都の食事処はどこも似たり寄ったりなメニューになっているんだけど、うちは召喚魔法のおかげで様々な場所から食材を手に入れられる。

設備や人手の都合上、好きなだけ増やすわけにはいかないけれど、そこらの食堂の三倍はメニューが多い。

普通のお客さんはあまり気にしないけれど、違和感を覚えるということは相応の知識があるということだ。

よく見てみれば普通の町娘より身なりが良いし、貴族とまでは言わないまでも富裕層の娘さんかもしれない。

ただ、ステラはそのあたりを気にする様子なく話している。

「ふふ、ウチのコックにはちょっとした裏技があるのよ。企業秘密だけどね」

「秘密ですか……なるほど」

魔法を使って食材を調達したり料理していることは、お客さんには伝えていない。

せっかく身分を隠して暮らしているのに、物珍しさで人が集まったら困るからだ。

少女は少し考え込みながら、またメニューを覗き込む。

そして一通り目を通し終えたのか、再び顔を上げてステラに問いかける。

「この食堂は他ではなかなか味わえない独創的な料理が食べられると聞いたのですが……例えば、アジフライなど。どういったものなのですか？」

「アジフライは青魚の揚げ物ですよ。揚げたてサクサクのものに甘辛いソースをかけて食べると、抜群に美味しいんです！」

「青魚をフライに？　……普通は干物を焼いたり煮込んだりしますが、そういう調理の仕方もあるんですね」

感心したようにうなずいた彼女は、どうやらアジフライを注文したようだ。

ステラがメモを持って、こっちにやってくる。

「はい、アジフライ一皿ね」

「了解。ああステラ」

「なにかしら？」

「あの子、少し注意して見ていてくれないか。なんだか普通の客じゃない気がする」

「そうかしら？　まあ、分かったわ。万が一正体がバレたりしたら大変だものね」

俺の言葉にステラも真面目に頷く。

元勇者と元聖女の居場所がバレたら、確実に面倒ごとに巻き込まれるからな。

幸い、俺たちの顔はあまり知られていないけれど、何かの拍子に正体を悟られないとも限らない。

少しでも不振に思ったら注意しておくに越したことはないのだ。

「まあ、それはそれとして料理はおいしく召し上がってもらわないとな」

相手が怪しい客だろうが、子供だろうが酔っぱらいだろうが料理はちゃんと作るのがポリシーだ。

冷蔵庫からフライ用の魚を取り出して、数ヶ所に軽く切れ目を入れると胡椒をふりかける。

そのあとは両面に軽く小麦粉をまぶし、溶き卵、パン粉の順番に衣をまとわせていく。

そして、十分に熱した油の中へ投入した。

後は先ほどと同じようにちょうどいい色になるまで揚げると、野菜と一緒にお皿へ盛り付ける。

「うん、いい塩梅だ。ステラ、頼むよ」

アジフライは手早く少女のもとに運ばれていった。

「はい、どうぞ。熱いから舌が火傷しないように気を付けてくださいね」

「ありがとうございます。あの、これはどうやって食べれば……」

「揚げたてですから、そのまま食べても美味しいですよ！　あとは、お好みで前にあるソースをかけてくださいね」

ステラの言葉に、少女がソースの入った容器を手に取って興味深そうに見つめている。

「ソース……これですか？　各テーブルごとに調味料が備え付けられているなんて初めてです」

「ほら、肉体労働してくる男性なんかは濃い味付けのほうが良いでしょう？　でも、薄味のほうが好きな人もいますからお客さん自身に調節してもらってるんです。ソースは揚げ物全体に合うようになってますし」

「なるほど！　最後は客側の好みで調理する余地を残すというのは考えもしませんでした。さっそくいただきます！」

彼女は妙に納得したようにうなずきながらも、フォークとナイフで綺麗にアジフライを切り分けていく。

「わっ、すごいサクサクです！」

「そりゃあ揚げたてだもの。サックサクよ」

「使っているパン粉や油がいいんでしょうか……」

少女はしばしフライの断面を見つめていたが、我慢できなくなったのか一切れ口に運ぶ。

「はむっ……」

わずかにサクッと音がして、次の瞬間彼女の目が見開いた。

「んっ!?　美味しい、何もつけていないはずなのに生臭くないです！」

「うちの食材は新鮮なのよ。それに、香辛料で臭みも消してあるしね」

ステラが説明する間にも、少女はどんどんフライを口に運んでいく。

「んっ、もぐ……ああ、いくらでも食べられそうです……」

モグモグと口を動かし、あっという間に半分平らげてしまった。

「あ……おっと、まだソースをかけていませんでした。危ない危ない」

気づけば残り半分になっていたフライに慌ててソースをかけ始める。

容器からとろみのある茶色の液体が流れ出て、徐々に衣へ沁み込んでいく。

「わぁ、濃厚ですね」

「数十種類の材料を刻んで煮込んだのよ。まあ、これも企業秘密だけど」

そのソースは、料理を作るのより完成に手間がかかったものだ。

フライによく合う濃厚なソース。

前世で口にしたことがあるから確固としたイメージはあったけれど、再現するのは非常に難しかった。

「さっそくいただきますっ！」

もうアジフライのおいしさは疑っていないようで、ソースで更にどこまで美味しくなるか期待しているようだ。

「あむっ！　んっ、もぐっ……はぁぁっ……」

再び一切れ口に運ぶと、目をつむってリラックスしたように肩から力を抜く。

「これは素晴らしいですね。サクサクの衣に濃い味のソースがよく合います！」

「美味しいようで何よりだわ」

「まさに揚げ物のためのソースという感じですね。材料はなんでしょうか……野菜を中心にして色々な香辛料を組み合わせているようですが……」

「あらあら、ソースの原料の分析？　それは少し困っちゃうんじゃない、エド？」

ステラから、からかわれるように言われて、俺は思わず苦笑いする。

「ああ、作るのに苦労したオリジナルソースだからな。簡単に真似されるとは思わないけど」

「えっ！　シェ、シェフですかっ!?」

そう言うと、少女はそこで初めて俺が見ていることに気付いたんだろう。

驚いて顔を上げるとこっちを見る。

「シェフだなんて言われると少し恥ずかしいけど、まあ料理人が俺しかいないからシェフってことになるかな？」

そこで食堂を見渡してみたが、しばらくは注文もないようなので、手を洗うと少女のいるほうのカウンターへ向かう。

「店主のエド・オーウェルだ、よろしく」

「わたしはステラ・ディークス。こっちのエドの相棒みたいなものよ、店ではウェイトレスをやってるわ」

「こ、こちらこそ。ノエル・ギルベルトと申します！」

少女改めノエルは、姿勢を正すときっちりした動きで頭を下げてくる。

うん、やっぱり普通の町娘という訳ではなさそうだ。

ナイフやフォークを綺麗に扱っているところや、料理に興味深そうなところを見ると、貴族やそれに近い家の娘さんかもしれない。

ここ王都は王国の中でもかなり豊かな都市だけれど、材料まで気に掛けるほど料理にこだわる人間はそういない。

ましてやノエルはこの歳でかなり舌が肥えているようだし、美食家な貴族かあるいは……。

「あの、エドさん？」

「ああ、すまない。少し考え事をしていたんだ。ところで、アジフライのほうはどうだったかな?」

お皿を見れば、すでにフライは跡形もなくなっていた。

尻尾まで食べてしまったらしく、こうして完食してもらえると無条件で嬉しくなってしまう。

「とても美味しかったです! この魚のフライは初めて食べましたが、素晴らしい料理ですね。しっかり骨が取ってあってサクサク食べられるし、お子さんにも安全に食べてもらえます」

「お、そこに気付いてもらえたか。その魚はちょっと骨が気になるからね。取り除いてフライにすればザクザク食べてもらえるし、昼を食べにくるお客さんにも好評だよ」

魚が食べたいけれど、焼き魚や煮魚ではカロリーが足りないという働き盛りのお兄さんたちにも人気だ。

値段もお手頃なので、コロッケなどと一緒に子供たちがおやつ代わりに買っていくこともある。

実はもっと肉厚な魚を使って竜田揚げを試作している最中だけれど、まあその話はまた今度に。

今はノエルに少し聞きたいことがある。

「この店に来るのは初めてだよね? それにしては、なんだか様子を探るような感じだったけど……」

「えっ? 私、そんなに怪しかったですか?」

「うん、すごく」

不審に思っていたことを告白すると、彼女は急にアワアワし始めた。

「あの、別に悪意があったわけではなくてっ! このあたりで面白い料理を出す店があると聞いて、いろいろ調べていてっ！」

「まあまあ、落ち着いて。目的を話してくれれば、もしかしたら俺も協力できるかもしれない」

こっちとしては、ノエルが俺たちの正体を探しに来たわけではないという確証が得られれば十分だ。まあ、この慌てぶりを見る限りスパイである可能性は小さそうだけれど。

ともかくなだめるように声をかけると、深呼吸してようやく落ち着いたようだ。

そして、少しずつ自分の身の上を話し始める。

「実は私、レストランのシェフの娘なんです」

「ふむ、なるほど。だから食器の扱いも様になっていたし、料理の材料にまで興味を示したのか」

料理人関係というのは、考えていた正体の候補の一つだ。

彼女の言うレストランというのは、ファミレスみたいな食堂の延長線上にあるようなものじゃないだろう。

さっきもシェフと言ってたし、最低でもフォーマルな会食ができるくらいの店のはずだ。

「失礼だけど、そのお店の名前は？」

「うっ……すみません、あまり言いたくないのです」

問いかけると申し訳なさそうに頭を下げるノエル。

これは俺たちでも知っているくらいの店だから、言ってしまうと何か影響があることを恐れているのだろうか？

王都に味や接客がひどくて有名なレストランなんてものはないから、良い意味で有名なんだろう。

「……私は料理人の家に生まれて、幸運にも美味しい料理を食べながら育ってきました。だから、自然と自分も同じように料理人になって皆に喜んでもらえる食事を作りたいと思ったんです」

「うん、その心がけは立派なものだと思うよ」

「ありがとうございます。父も最初は私の話を聞いて喜んで、家でいろいろと料理を教えてくれました」

「最初は？」

「はい。私には他に三人の兄弟がいるんですが、彼らが料理人を目指したいと言い始めると、父は向こうの指導を優先するようになりました。父は常々、家庭のキッチンとレストランのキッチンは別世界だと言っていましたから、そのとき私は自分とのことは単なるお遊びだったのだと悟ったんです」

そう言うノエルの表情は悔しそうで、拳を握り締めていた。

「レストランのほうへ行こうとしても、女は立ち入るなと言って締め出されてしまって……でも、私だって料理人になりたいんです！　兄弟の中で一番初めにそう言ったのも、私だったのに……」

ノエルはすっかり落ち込んでしまい、ぐったりした様子だった。

そんな彼女にステラが寄り添って肩を撫でる。

「そんなことがあったんだね、ここに来たのは、お父さんに面倒を見てもらえないから、別の店を探してそこで修業しようってことかな？」

「はい。いくつかほかのレストランも回ってみたのですけど、父と同じように女性の料理人を受け入れていなかったり、私が父の娘だと知ると門前払いされてしまったり……なんだか疲れてしまって……」

彼女はそこで水を飲み一息入れると、今度は俺のほうを見た。

目尻が少し潤んでいたけれど、その瞳には強い感情が宿っているのがうかがえる。

「そんなとき、街中で面白い料理を出す食堂があるという話を聞いたんです。それがこのランダル食堂でした」

「なるほどな。それでここにやってきたと……」

そう言いながら、俺は直感的に、このあと何か拙《まず》いことが起こると感じていた。

旅の中でも様々な場面で役立ったこの直感に、俺は信頼を置いている。

そして、今回の場合は話の流れ的に……。

「私、この食堂で料理を学んでいつか兄弟たちより立派な料理人になりたいんです。どうかお願いします、貴方の弟子にしてください！」

「……まあ、そうなるよな」

小さくため息をつきながら、俺はどうしたものかと頭を抱えるのだった。


とりあえず、弟子入りの件については店を閉めた後で相談することに。

まだお客さんが残っていたので、店主としてはそっちのほうが優先だ。

ノエルもそこのところは理解したようで、それまで隅っこで大人しくしていることに。

ただ、その間もメニューに新たな興味が湧いたのか、いくつかの料理を注文してきた。

もちろん注文することは、店主としては構わない。

それに、彼女は料理を残さずきれいに食べてくれたので、一個人としても嬉しい。

二時間後、最後のお客さんが帰ったところでお店を閉める。

これで店内に残っているのは俺とステラ、それにノエルだけだ。

俺たち三人は一つのテーブルを囲んで向かい合うことに。

「よし、それじゃあ話し合いを始めようか」

俺は帽子を脱ぎ、服の胸元を緩めて楽な姿勢になる。

「確か、うちの店で修業したいって話だったか？」

「はい！　ここの食堂には実家では思いつきもしなかったアイデアがたくさんあって、とても感動しているんです。私が自立して料理人になるためには、ここしかないと思っています。どうか弟子入りさせてください！」

そう言うと椅子から立ち上がり、深く頭を下げてお願いしてくるノエル。

真摯な態度には好感を抱くけれど、生憎と簡単に受け入れてやれない事情がある。

「ノエル、悪いがきみを弟子にするのは難しい」

「ッ！　ど、どうしてですか？　私に何か問題が？」

俺の答えを聞いて、不安そうな表情で聞き返してくる。

「いや、そうじゃないんだ。ノエルは有名レストランのシェフの娘なのに俺にも敬意を持って接してくれているし、人間が出来てる。料理に対しての情熱も感じられて、とても好感が持てるしな」

「なら、どうして……」

「問題は俺のほうにあるんだ。まずは座って聞いてほしい」

一言そう置いてから、ゆっくり説明し始める。

「まず、俺がランダル食堂を始めたのはいつだと思う？」

「ええと……常連さんも多く、料理の完成度も全体的に高いですし、少なくとも三年前くらいでしょうか」

「正解は一年ちょっとだ」

「えっ!?」

さすがにこれはノエルも驚いたのか、目を丸くしている。

そんな彼女の様子を見て苦笑いしながら言葉をつづけた。

「実は俺、少し前までステラと一緒にあちこちを旅していてな。料理はそのときに独学で覚えたんだ」

さすがに自分たちが勇者だとは言えず、内容をぼかしながら話していく。

「まあ、長い時間はかかったけれど旅の目的は果たした。ふたりともあちこち巡るのはもう沢山だと定住することにしたんだが、どうやって暮らしていくかが問題だ。そこで、旅の中で色々な料理に巡り合った経験を生かして食堂を開くことにした」

「なるほど、だから王都ではあまり見ないようなメニューが多かったんですね」

「そうだな。いろんな場所を旅してきた人間の特権だ」

本当は前世の知識も多分に混ざっているんだけど、まあそれはいいだろう。

この世界じゃあ、国を二つ三つ跨げば、もうそこは異世界みたいなものだからな
遠方の国で学んだ料理なのか、俺が前世で作った料理なのかは判別できないだろう。

ちなみにステラはその辺りのことを気にしない性格なので、俺としては助かっている。

「だが、いくら色々な料理を知っているとはいっても、実際に作ってみるのはなかなか大変だった。人様に出せるようなものに仕上げるには、それなりに時間もかかったしな」

レストラン並みとまではいかないまでも、商品として出すんだから体裁を整える必要がある。

例えば焼肉でもタレの濃さを調節したり、地味な色合いにならないように付け合わせの野菜をどうするか考えたり。

そうしてある程度のメニューを出せるようになって、ようやく店を開いたんだ。

「幸運にも最初の掴みが上々で、口コミでお客さんが増えていく状態が続いてる。けど、俺の料理人としての腕はまだまだだ。間違いなくノエルのお父さんには及ばない」

最初から料理一筋で生きていた人と、セカンドライフとして食堂を始めた人間。比べるのもおこがましい。

「だから、俺は弟子を取るなんてことが出来る段階じゃないんだよ」

俺はそう結論づけ、テーブルに置いたグラスを手に取る。

ピッチャーから水を注いで一息に煽ると、大きく息を吐いて背もたれに体重を預けた。

「……」

ノエルのほうを見ると、何やら考え込んでいる。

今の告白を聞いてどう思うだろうか？

自分がこれと見込んだ相手が、まだ新人もいいところだったなんて……。

幼いころから一流のシェフであるお父さんに、片手間とはいえ料理の指導を受けてきたノエルだ。

自分より料理歴が短い相手に師事するなんて、さすがにしないだろう。

自分の未熟っぷりをこれでもかと話してしまって少し恥ずかしいけれど、彼女には真実を知って判断してもらわなきゃいけないんだから仕方ない。

「ノエル、どうだ？　俺なんかより、ほかの料理人について学んだほうが……」

俺はやんわりと再考を促そうとしたが、そのタイミングでノエルが口を開く。

「エドさんの言われたことは分かりました。お店を初めて一年というのは正直驚きましたし、料理歴も私のほうが長いかもしれません」

「そうだろう？」

「ええ。でも、それは弟子になるのをあきらめる理由にはならないと思います」

「なっ⁉」

ノエルは自信をもってそう言い、その姿に俺も驚愕してしまった。

「俺の話を聞いてたか？　こう言うのはなんだけど、俺の料理は素人に毛が生えた程度だぞ？」

「確かに料理の腕では父に敵わないかもしれません。でも、私が師匠に求めているのはそれとは違います。私は、自分だけの料理を作りたい。そのためにはエドさんの独創性が必要なんです！」

「むぅ……」

そう言われてしまうと、今までの反論材料が無駄になってしまう。

まあ、確かに料理の英才教育をされているノエルに俺が教えられることと言ったらそれくらいか。

悩んでいると、それまで黙っていたステラがツンツンと腕をつっついてくる。

「なんだ？」

「修業でもなんでもいいけど、料理経験のある子が働いてくれるなら歓迎すればいいじゃない。ふたりで分担して調理すれば、今までよりも早くたくさん料理を提供できるし」

「確かにステラの言うとおりではあるな」

口コミで話題が広がっているようで、最近は客足も増えてきている。

いい加減ふたりで続けるも厳しくなってきた。うわさ話が広がるのは恐ろしい。最初のほうはご近所さんがやってくるだけだったけれど、いまでは他の区画からも通ってくる人がいるほどだ。

そう考えると、即戦力の人員は喉から手が出るほど欲しかった。

今回は俺が折れるしかなさそうだ。

「……分かった、ノエルを受け入れよう」

「ッ！　あ、ありがとうございます！」

ノエルはパッと華やいだ表情になって、嬉しそうにお礼を言ってくる。

こんなにされたら、こっちとしてもまんざらではない気分になってしまう。

「ふふ、よかったわねノエル」

「はいっ！　ステラさんもありがとうございます！」

「わたしは何もしてないわよ。それに、手伝ってもらえると助かるのは事実だしね」

「精いっぱい頑張らせていただきます！」

ステラはこう言っているけれど、どことなく機嫌が良さそうだ。

一応食堂のことは俺が責任を持っているから、今まで積極的な口出しはなかったけれど、内心では応援していたのかもしれない。俺はそんなことを考えながら、椅子から立ってノエルを見る。

「さて、ノエル」

「はい師匠！」

「師匠とは気が早いけど、まあいいか。もう夜だから仕事は明日からだ。ただ、今から片づけをするから一緒に厨房の中を見て回ってくれ。何がどこにあるか、配置を覚えるのも重要だからな」

「はい、わかりました！」

「よし、じゃあ行くぞ」

それから俺は、ノエルを連れて厨房の片づけを始める。

それを食堂側のほうから、ステラが微笑ましそうに覗いているのだった。

＊　＊

弟子として採用された翌日、ノエルはランダル食堂の二階で目が覚めた。

「んっ……くぅ。今日から頑張らないと！」

ベッドから起き上がった彼女は、手早く身支度を始める。

昨日、ノエルは近くの宿に泊まるつもりだったのだが、もうこんな時間では無理からだと、ステラに泊まっていくよう言われたのだ。

なんなら住み込みで仕事をしてくれてもよいと言われ、それはノエルにとっても好都合だった。

元々家に居づらかったこともあり、働く間はアパートでも借りようかと考えていたからだ。

そのことをふたりに言うと、今度はエドからも快く勧められた。

秘密結社が壊滅して劇的に治安が回復したとはいえ、年頃の少女がひとりで暮らすには危ない面も多い。

こうして、食堂の二階にある客間が暫定的に彼女の部屋になった。

ノエルが身支度を整えて一階まで下りていくと、すぐに美味しい匂いが漂ってくる。

「師匠、ステラさん、おはようございます」

「おはよう」

「おはようノエルちゃん！」

どうやらエドが朝食を作っているようだ。

「ノエルは顔と手を洗ってこい。もうすぐご飯が出来るからな」

言われたとおり洗面所に行って戻ってくると、すでにテーブルに朝食が並んでいた。

「わぁ、美味しそうですね！」

パン屋から届けられた焼き立てのパンに、見事な焼き加減のついた目玉焼き。

それに、パリッと焼かれたソーセージ。

けれど、一番ノエルの目を引いたのはトロっとしたホワイトシチューだったようだ。

「師匠、朝からこんなに手間のかかるものを作ったんですか？」

「ああ、今日のランチセットのおかずになるシチューだからな」

「へえ……わぁ、すごい具沢山ですね！」

ノエルがスプーンを入れてみると、一すくいでたくさんの具が浮かんできた。

ゴロっとした根菜類に、一口サイズに切られた芋。

それに、少し短めなウィンナーが一本丸ごと入っている。

「おかずになるシチューだって言っただろ？　それくらいは具が入ってないとな」

「でも、こんなにたくさん……ひとりで大変じゃありませんでしたか？　これを用意すると聞かされていれば、早起きして手伝ったんですが……」

ノエルがそう言ったので、エドは少し焦った顔になった。

「ま、まあ初日だからな。始めのほうはゆっくり慣れてもらうのが良いだろう」

「そうですか……」

実のところエドは、ノエルが見れば驚愕するだろうほどの速さで食材の準備を終わらせていた。

一番手間がかかる野菜の皮むきも、一口サイズに切る作業も、エンチャント魔法で包丁に動きを覚えさせれば自動でやってくれる。

魔法を使っていることに関しては、どう伝えるべきかまだ悩んでいる。

この世界での魔法使いは、それほど珍しい存在ではない。

すべての人々は多かれ少なかれ魔力を持っていて、指導を受ければ簡単な魔法は使えるようになる。しかし、エドやステラのように高度な魔法を扱える人間は、国内でも貴重だ。

特に召喚魔法などは使用者も少ないので、ある程度事情に詳しい相手には正体を看破されてしまう危険もある。

「とはいえ、すべて隠すというのは無理だろうな。立ち行かなくなるし……」

「ん、何かおっしゃいましたか？」

「いや、なんでもない。とっとと朝飯を食べて準備に取り掛かろう」

「はい！」

それから黙々と食事を口に運んで朝食を済ませた三人は、さっそく開店の準備に取り掛かる。

「食堂のほうはステラに任せる。俺たちはキッチンだ」

「はい、師匠！」

エドはまず倉庫から野菜を取り出して洗いながら、ノエルに話しかける。

「俺は自分のどんな部分がノエルの料理の役に立つのか、正直よくわかっていない。けど、雇っている以上はまず食堂の仕事を優先してもらう」

「分かっています。それに、師匠にとってはどうということはないテクニックでも、私にとっては宝になるかもしれません。よく観察させていただきますね」

「うん、見る分には好きにしてもらって構わない。ただし、手元には気をつけてな」

「お任せください！」

いよいよキッチンで仕事を始めるということで、ノエルも少しテンションが上がっているようだ。

「元気なのは良いことだな。じゃあ、まずは卵スープを作るとするか。さっきのシチューはおかずになるものだから、もう一つ汁物が必要だしな」

「卵スープですか」

「ああ。シチューが濃い目の味付けだから、スープは少しあっさりめに作ろうと思う」

「なるほど、いいと思います！」

「よし、じゃあさっそく取りかかるぞ」

ふたりで話し合うと、食材の準備を進めていく。

その順調な様子を、食堂からステラが見つめていた。

「どうなるかと思ったけど、これは意外とうまくいくかもしれないわね」

それから数時間後、お昼時になったキッチンでは威勢のいい声が飛び交っていた。

「三番テーブル、ランチBセット大盛三人前！　Aセット一人前！　それと、二番テーブルにエビフライ定食とシチューね！」

「了解！　ノエル、コロッケはどうだ？」

「あと一分で揚がります！　次はハムカツで、その後にエビフライですね！」

「よし、分かった。こっちは炒め物で手が離せない。シチューをよそっておいてくれ」

「はい！」

最初はノエルの腕前を試すように地味なことからやらせていた。

しかし、彼女が安心して料理を任せられる腕前だと分かると、さっそく頼れる戦力として活用することにした。

「シチューをよそるときは、かならずソーセージが二本は入るようにしてくれよ？」

「お客さんが、ガッカリしないように、ですよね。大丈夫です、ちゃんと見ていますので」

揚がったコロッケをお皿に盛りつけたノエルが、続けてハムを油へ投入する。

衣が色づくまでにパッと大きな鍋の前に移動して、深皿にシチューをよそっていった。

「ステラさん、一番カウンターのコロッケ定食と、二番テーブルのシチューです！」

「はい、ありがとう。仕事が早くて助かるわ」

額に浮かんだ汗をタオルで拭き、ステラが料理の乗ったトレーを持ってテーブルに向かう。

「はい、コロッケ定食です。シチューは確か、こちらのお客様でしたよね。はいどうぞ」

ステラが配膳を終えて顔を上げると、お客さんでいっぱいになっている食堂が目に入る。

ランダル食堂はお昼時には満席になることも珍しくないが、今日はいつもより席が埋まるのが早いようだ。

「助かったわ。ノエルがいなかったら、もっと大変だったかも」

魔法を使えば調理の時間を短縮できるが、やはり料理人がもうひとりいると、並行作業できるのが強い。

父親に指導されていたときも、親子ふたりで料理をしていたからか、ノエルは他人に合わせるのも得意なようだった。

おかげでエドは初日にも拘わらず、まるで腕が四本に増えたかのように次々と料理を作っていく。

「師匠、この鶏肉の味付けは……」

「目の前の茶色い容器に入っているスパイスを使ってくれ」

「はい。よいしょ……うわっ、刺激的な香りですね」

「カレーパウダーだよ。南国のスパイスを調合して再現……作ったやつだ。火が通るともっと凄いぞ？」

「南国の香辛料ですか、とても興味深いです。このままでも十分刺激的ですが、楽しみですね！」

ノエルもエドを手伝いながら、彼女なりに知識を吸収していっているようだ。

それからも時間が経つごとにノエルはランダル食堂のキッチンに順応していき、夕飯時が終わるころには、エドにまったく手間をかけさせない優秀なサポーターになっていた。

「よし、これで今日の営業は終わりだな。ノエル、お疲れ様」

ステラが最後の客を見送って出入口を閉めると、エドは腕を組んで一息つく。

「いえ、こちらこそ色々と勉強になりました。今日一日だけでも、今まで知らなかったたくさんの新しい食材や調理法に出会えて、もう頭がパンクしてしまいそうです」

「うちの食堂がノエルのオリジナル料理の一助になれば幸いだ。それに、ノエルが予想以上の戦力になった。これは給料についても、考え直さなくちゃいけないかな」

ノエルは最初、住む場所やご飯まで提供してもらっているんだから、給料は要らないと言っていた。しかしエドは、身内ではないのだからけじめが必要だとして、給料を支払うことにしたのだ。

その中から部屋代や食事代が引かれ、残った分がノエルの手取りになる。

エドは最初、前世でいうバイト感覚で雇うつもりだったが、ノエルの技術は想像以上だった。

最初こそ慣れないキッチンでぎこちなかったが、しばらくエドの様子を観察するとそれに合わせるように自ら補助をし始めた。

最終的には彼の片腕と言ってよい働きぶりを発揮して、これにはエドも舌を巻くほどだったのだ。

これほどの技術を持つ彼女に少ない給料を支払うのは、エドにとって気持ちよくないことだった。

「エドさん、私はそれほどお金をもらっても、使い道がなくて困ってしまいます」

「ふむ……なら、余ったお金でノエルの研究用に、追加で食材を取り寄せるか」

「えっ、いいんですか？　ぜひお願いしますっ！　たくさん新しいことを知ったので、すぐにでも試したいんです！」

エドの提案に、彼女は一も二もなく飛びついた。

普段真面目で素直なノエルだけれど、料理のことになるとエド以上に熱中してしまうようだ。

そんな彼女に対して、エドは嬉しくなった。

「そこまで言うなら、備蓄分からもいくらか都合してもいい。キッチンも、後片付けをしてくれるなら自由に使っていいぞ」

「本当ですか!?」

「ああ。ちょうど明日は定休日だし、好きに使ってくれ。ただ、あまりうるさくしないようにな」

この一日で、ノエルの料理に対する意気込みはよく理解できた。

同じように料理に対する思いで食堂を開いた自分にとって、彼女の目標は応援すべきものだと感じていたのだ。魔法の調理器具についてはまあ、なんとかいろいろ誤魔化しつつも、使い方だけレクチャーしておくことにする。

結局この日の夜、エドに材料を用意してもらったノエルは深夜まで研究に打ち込むのだった。


「……ふぅ、少し休憩しますか」

日付も変わったころ、ノエルはまだキッチンで研究を続けていた。

真ん中にある大きなテーブルにはいろいろな食材や調味料が並び、試作品の料理が乗せられた皿も、すでにいくつかある。

試食も自分で済ませていたが、まだエドが用意してくれた食材や調味料の特性を把握しきっていないからか、味はイマイチといったところだ。

それでもノエルにとってはかなりの収穫があり、初日としては十分に満足している。

体をほぐすようにぐっと伸びをすると、続けてテーブルの上を見渡した。

「それにしても、師匠はどうやってこれだけたくさんの食材を仕入れているんでしょうか？　ウチのレストランでも見たことがないような食材がたくさんあります。なのに、料理の値段は庶民にもお手頃な価格……不思議ですね」

ノエルの父も料理の研究のためには手間を惜しまない人間だったが、これほどの材料をそろえることはなかった。

たとえ少量を手に入れて料理が完成しても、実際に、客に行きわたらせる量を確保するのが難しいからだ。せっかく料理を作っても、お客に食べてもらわなければ意味がない。

けれど、エドは有名レストランのシェフでも出来ない仕入れを簡単にやってのけている。

「とても不思議です。師匠とステラさんは世界中を旅をしていたといいますから、そのときの伝手でしょうか？　ううん……これも魔法か何かとか？」

生憎と、自分には魔法の素養がないので、よくわからない。

「まあ、考えても仕方ないですね。それに、今日はこのくらいにしておかないと」

好きに使っていいと言われて夢中になってしまったが、ひと段落つくと疲れを感じてきていた。

昼間から合わせれば、もう十何時間もキッチンに立ち続けていたのだから無理はない。

手早く片づけを済ませると、二階の自分の部屋へ上がっていったのだが……。

『……、……っ！』

「なんでしょうか、声？」

部屋の扉に手をかけたところで、どこからか女性の声が聞こえてきた。

不自然に思って耳を澄ませると、どうやら通路の奥から聞こえてくるようだ。

そこは、ちょうどステラが使っている寝室だった。

「ステラさん、どうかしたんでしょうか？」

興味を引かれて、寝室のほうへ向かってしまったのは仕方ないことだっただろう。

深夜であるので、無駄な足音を立てないようゆっくりと扉へ近づいていく。

そして、そのまま寝室の扉をノックしようとした瞬間。

『あひゅっ！　やぁ、だめっ……エド、ぁうっ！』

「ッ!?」

扉の向こうで嬌声が上がり、一瞬で体が硬直する。

幼いころから料理に熱中していたので、色恋沙汰はさっぱりだが、今の嬌声が快感によるものだということくらいは分かる。

そして、もう一つ。

『ん、ぷはぁ……どうした、いつもより濡れ具合が激しいんじゃないか？』

師匠であるエドの声まで聞こえたのだ。

これはもう、部屋の中でふたりがセックスしていると断定するほかない。

「……そ、そうですよね。ふたりがそういう関係でも不思議はないですよね」

世界中を回るような長い旅をして、こうして一緒に食堂を開いているのだ。

少し考えれば、ふたりの関係が特別なものだというのはすぐに理解できた。

しかし、いざこういう場面に出くわしてしまうと、耐性がないので困ってしまう。

それに加えて、普段料理にしか向けていない好奇心が、このときは強烈に働いてしまった。

本来は黙って去るべきところを、そのまま足を止めて聞き耳を立ててしまう。

『だって、下にはノエルがいるのに、エドが遠慮しないから……』

「っ！」

不意に名前を呼ばれ、声を漏らしそうになり口元を押さえる。

『少し前に様子を見に行ってみたが、だいぶ集中しているみたいだったからな。しばらくは物音を立てても気づかないだろう』

『それ、ほんとに？　んぁっ、はうっ……やだ、また舌が……んんっ！』

再びステラの喘ぎ声が聞こえる。

どうやら今はエドがステラの股間に顔を埋め、舌で愛撫しているようだ。

すでにだいぶ気分が高まっているようで、ステラは声を抑えきれていない。

『はぁ、はぁっ……でも、やっぱりいつもより緊張してるかもっ』

『俺としては、ステラがいつもより乱れてくれるのは嬉しいけどな』

『もう……あんまり激しくしないでよね。ほんとに声がでちゃうから』

『下までは聞こえやしないだろう。気分の問題じゃないか？　ほら、もっとするぞ』

『えっ、ちょっ……んぅぅっ！　ばかっ、そんなに奥まで、舌っ……っあぁ！』

遠慮のない言葉を互いにやり取りするふたりに、ノエルは自分の顔が赤くなっているのに気付いた。

この歳まで料理一辺倒で、色恋沙汰にほとんど関わることのなかった自分には刺激が強い。

けれど、性への興味は失せるどころかどんどん強くなってしまう。

自分の体がだんだん熱くなっていくのを感じながら、扉へと近づいていく。

「あれ？　これって……」

そのとき、部屋の扉がわずかに開いているのに気が付いた。

扉を閉めた人間は油断していたのか、きちんと閉め切られていないことに気付かなかったらしい。

そういえばこの家の二階には、魔法によって防音効果が付与されているらしい。

だから、物音なんか気にせず暮らしてほしいと言われていたが、扉が閉まりきっていなかったことでその効果が薄くなり、声が廊下の先まで届いてしまったようだ。

「あ……うぅ……」

誘うようなその隙間から、誘惑に負けて部屋の中をのぞいてしまった。

薄い照明に照らされた室内、その窓際にあるベッドの上でふたりが絡み合っている。

どちらも一糸まとわぬ姿で、すでに興奮により全身を火照らせていた。

「ホントにふたりで、エッチしてるんですね……」

小さくつぶやくと、その言葉に反応するように体が熱くなってしまう。

特にお腹の奥から、きゅうっと熱の塊のようなものが込み上げてきた。

「んん……はぅ……んぁっ……」

左手が、自然に下半身へと伸びる。

スカートを自分でめくりあげ、下着の上から秘部に触れた。

「ッ!! はっ、ふぅっ……はぁっ……！」

ふたりに気付かれないように必死で声を抑えながらも、人差し指が割れ目に沿うように動く。

早くも快感は全身に回り、右手を壁について体を支えているような状況だ。

そして、そんな状態でも室内のふたりの行為は続いていく。

『んく、はぁ、はぁっ……エド、お願い、もうっ……』

仰向けで横になっているステラが、自らの股間に顔を埋めている男に声をかける。

さんざん愛撫されたからか、すでにその表情は快楽に蕩けていた。

一方、顔を上げたエドのほうは楽しそうに口元を歪めた。

『可愛い顔になってるじゃないか。もう入れてほしいって？』

『うっ……そ、そうよ。だって、エドが奥まで舐めてくるから……んっ、もっと大きいのが欲しくなっちゃう』

そのときのステラの表情は、同性のノエルから見てもドキリとするほど妖艶だった。

店では普段から快活に振舞っているステラだけに、こうした色気のある表情はギャップとなって相手を揺さぶるだろう。

「ステラさん、すごい……んっ！」

自然と力が入り、指先が膣内にめりこんでしまう。

自慰することが少ないノエルは、あまり濡れやすい体ではない。

けれど、今日は他人の情事をのぞき見ているという背徳感からか、いつもより早く指先に湿り気を感じていた。そして、淫らなステラに動かされたのはノエルだけではないようだ。

『自分が今、どんだけエロい顔してるか分かってるか？』

そう言いながら、エドが体を起こしていく。

そして両手でステラの腰を捕まえると、腰を前に動かして密着させた。

『あうっ、硬いのが……』

『これを入れてほしいんだろ？』

問いかけると、ステラが迷うことなくうなずく。

『うん、欲しいよ。さっきからグチュグチュにかき回されて、もう待ってられないの！』

彼女は片手でギュッとシーツを握りしめながら、もう片手で自分の腰を掴むエドの腕に触れる。

『だから、寂しくなってるところ、エドのもので埋めて？』

求められた彼は言葉ではなく行動で示した。

わずかに腰を引くと、肉棒を秘部に押し当ててそのまま前に進める。

『あっ！　んっ、きゃふっ……！』

すでに十分なほど濡らされていたらしいステラの体は、エドを簡単に受け入れた。

肉棒がズルリと膣内へ入り込み、肉ヒダを押しのけて奥へ奥へと進んでいく。

『はぐっ、あぁぁっ！　すごいっ、どんどんきてるっ！』

『ステラのほうこそ、入れた途端にギュウギュウ締めつけやがって……くっ！』

挿入されているステラはもちろん、エドも何かを堪えるように歯を食いしばっていた。

丹念に愛撫を重ねたそこは、慣れているだろう彼でも堪えきれない快感を与えているらしい。

けれど、男としてのプライドのためか、最後まですべてを彼女の中を埋めていく。

『はうっ、あっ……ふぅぅっ！　はぁ、はぁ……気持ちいい？』

『言わなくても分かってるだろ』

『ふふ、わたしも気持ちいいよ。でも、まだもっと気持ちよくなれるよね？』

挑発するようなその言葉に、エドが笑みを浮かべる。

『そんなにしてほしいなら、後でやめてだのなんだの言うなよ？』

そう言った直後、彼はステラの体をかき乱すように腰を動かし始めた。

『あぐぅぅっ!?　はっ、ふぅぅっ……ぎうぅっ、あああぁぁっ!!』

激しい責めに声を我慢できます、大きく嬌声を上げるステラ。

その光景はノエルの網膜にも、しっかりと映し出されていた。

「い、入れたばかりで、もうそんなにっ……」

いささか性急に見える行為も、当人たちにとっては十分互いの体を考慮されたもののようだ。

しかし、途中からのぞき見していたノエルには、いささか刺激が強い。

それでも目の前の行為に感化され、自分の手の動きも強めてしまう。

「んっ、はっ！　はぁ、んふぅっ……く、ひゅっ……」

下着を横にずらし、まだ異性を知らない秘部へと直に触れる。

興奮で熱くなってきた体を指でかき乱すと、本能の溶けだした雫が滴《したた》った。

「つはぁ！　ふぅ、んぐっ……！」

視線の先では、エドがステラへと腰を打ちつけ、嬌声を上げさせている。

興奮で熱くなったステラの体から汗が流れ落ちて、とても官能的に見えた。

「んふっ……ふぅ、ふぅ、はぁぁっ……ふたりして、あんなにエッチに交わって……気持ちよさそう……」

今までは、自分の指で自慰することで満足していた。

しかし、目の前でこれほど濃厚な絡み合いを見せつけられて、欲望に火がついたのかもしれない。

心の片隅では、もっと大きなもので気持ちよくされたいという思いが芽生え始めていた。

入り口付近で動かしていた指を、躊躇しつつも、もう少し奥へと挿入する。

純潔の証である処女膜を傷つけないようにしながらも、無意識のうちにより強い快感を求めていった。

「はぁはぁ……んぐぅっ……あっ!?」

そして、自分を慰めるのに夢中になっていると、ふたりに動きがあった。

「うそ、あんなに激しく……あ、またっ！」

視線の先で、エドに組み伏せられたステラが体を震わせる。

甘い嬌声が耳元まで届き、ますます興奮して、扉の隙間にかじりつくように覗き込んだ。

「師匠も、ステラさんも、昼間とは全然違う……」

ギュッと体を縮こまらせながら、片手で秘部をなぞる。

指がまた膣内に挿入して、ドロリとした愛液を滴らせた。

今までに見たことのない淫靡な光景、それも見知った人間のそれにいっそう興奮が高まってしまっているようだ。

漏れだした愛液が下着を濡らし、指にヌルヌルしたものが絡みつく。

膣内もこれまでにないほど熱く蕩けていて、肉棒を受け入れる準備が万端だった。

「はっ、はぁ、ふぅっ……」

目を見開いてふたりの情事を見つめながら、オナニーはますます激しくなっていく。

『はぁっ、あひぅっ！　エド、わたしもうだめっ！』

『ああ、俺もイクぞ！　全部受け取れよ！』

交わりを続けているふたりの興奮も、最高潮に達していた。

ステラがエドの腰に足を巻きつけるのと同時に、エドが膣奥へ肉棒を突き込んで欲望を解放する。

直後、これまでで一番甲高い嬌声が寝室に満ちた。

そして、目の前のふたりに興奮が連動したかのように、自分の体も絶頂を迎える。

「ッ!!　あっ、イクッ、イッ……んうううぅぅっ!!」

悲鳴を上げないよう、空いているほうの手の指を噛みしめながら、全身を震わせた。

今までにない快感が体を駆け巡り、恍惚とした表情で壁に寄りかかる。

「はっ、ふっ、ふぅっ……あっ⁉」

絶頂の快感に脱力し、荒く息を吐く。

しかし、力を抜いた拍子に手が扉に当たり、キィと音を立てて動いてしまった。

＊　＊

「ッ⁉」

ステラとのセックスの余韻に浸っていると、背後で扉が動く音がして一気に目が覚めた。

食堂を開く以上、衛生管理には気を使っている。

動物が店に入り込むことはないはずだし、そうなると物音は、人間の仕業だ。

なぜ早く気付けなかった？　旅が終わってから一年以上経って、勘が鈍ってしまったのか？

俺は少し焦りながら立ち上がり、扉のほうへ向かう。

「ちょ、ちょっとエド？」

ステラも体を起こして不審そうに問いかけてくるけれど、今は構っている暇がない。

もしかしたら、どこからか俺たちの正体がバレていた可能性もある。

それに何より、俺たちの情事を覗かれていたのが気に入らない。

胸の中でグツグツと怒りの感情が湧いてくる。

「だれだ！」

声を荒げながら扉を開く。

「ひっ!?」

「なっ……」

そこにいたのは、一階で料理の研究をしているはずのノエルだった。

彼女は部屋の前の床にべたっと座り込み、俺を見上げている。

予想外の事態に、俺も少し混乱してしまった。

しかし、すぐに気を取り直して彼女を睨む。

「ノエル、どういうことだ？　なにをしている？」

俺に問い詰められたノエルは体をビクッと震わせ、しどろもどろになりながらも、なんとか返答しようとする。

「あ、あのっ……もう遅いので、切り上げようと思って……二階に上がってきたら、声が……そ、それで、あのっ……」

混乱しているのか、ところどころで言葉が抜けている気がするけれど、言いたいことは分かった。

しかし、この部屋には魔法で防音効果が付与されていたはずだ。

「どうして声が漏れていたのか、わかるか？」

「と、扉が……扉が少し、開いていて……」

「なに？」

扉の取っ手を見下ろして少し思案する。

この家の扉には、ロックのようなものはまったくついていない。

もしかしたら扉を閉めるときに力の入れ具合を間違って、しっかりと閉められなかったのかもしれなかった。

「ふむ……」

そうなると、声が漏れてしまった件はこっちに不手際がある。

ノエルの存在に気付かなかったのも、俺たちに対する敵意がなかったからだろう。

野外で寝ているときでも、敵が近づいてくればすぐ目が覚める自信があるけれど、近くを動物が通りかかったくらいでは起きないからだ。

「理由は分かった。扉をきちんと閉めなかったのは俺の責任だな」

「は、はい……ふぅ」

俺の言葉に、ホッとしたような表情を浮かべるノエル。

しかし、俺の中の感情は治まったわけではなかった。

「確かに俺のせいもあった、が……だからと言ってずっと覗いている必要はないよなぁ……」

「えっ!? あっ、はいっ！ す、すみません!! 興味本位で……」

俺の言葉に、頭を下げるノエル。

誤魔化さずに謝ったのは良い心がけだが、かといって俺の心が静まるわけでもない。

自分のことはかなり好色だと思っているけれど、ステラとのセックスを他人に見せて喜ぶような性癖は持っていない。

例えば外でやるときだって、十分に他人の目には注意している。

俺以外の人間に、大切な彼女の乱れる姿を視姦されるのはたまらない。

それがたとえ、同性であったとしてもだ。

「もっとしっかり話す必要があるな。ノエル、いつまで廊下に座ってるんだ？」

「うっ……すみません……あっ！　ん、ぐっ……」

彼女はなんとか立ち上がろうとするけれど、どうも足がふらついているようだ。

最初は俺に睨まれて腰を抜かすほど驚いたのかと思ったけれど、そうではないと気付く。

スカートが乱れていて、左手は何やら濡れていた。

鼻をすんすんと動かすと、ステラのものではない独特の匂いが漂っている。

「ノエル……まさか覗きながらオナニーまで？」

「ひうっ！　す、すみません！　ごめんなさい！　どうか許してくださいっ！」

さっきより顔を青ざめさせ、足をガクガクと震わせてしまうノエル。

もう立つことは不可能なようで、両手でスカートを握りしめていた。

しかし、そんな哀れな姿を見せられたって、俺の興奮は治まるどころかますます強くなった。

「覗くどころか、それをオカズに自分でしてたのか……」

俺にとってステラはかけがえのない相棒で、彼女と過ごすひとときは誰にも邪魔されたくないんだがな。

こっちにも落ち度があったとはいえ、さすがに意外な展開だった。これからの同居人として、少なくとも無罪放免というわけにはいかないなと考えていると、後ろから近づく気配があった。

「ノエルちゃんがどうしたの？」

ステラは軽くシャツを羽織っただけの姿だったので、目に悪い。

怒っている最中なのに性欲まで湧いてきてしまいそうになり、視線を逸らす。

「ああ、覗いていたらしいんだ。俺がきちんと扉を閉めなかったせいもある。すまなかった」

「ううん……恥ずかしいけど相手がノエルちゃんならまあ……わたしは大丈夫よ」

恰好こそあられもないけれど、気持ちのほうは落ちついているらしい。

さっきまであれだけ喘いでいたのに、ピンピンしているのはさすがだな。

「ステラがよくても、俺はこのままっていうのは納得いかないかな」

「そうねぇ……まあ、とりあえずパンツは履きなさいよ。そんなものぶら下げてたら、ノエルちゃんだって落ち着いて話せないじゃない」

そう言って下着を渡されたので、とりあえず身に着ける。まあ、それもそうか。

「ノエルちゃんも、そんなところで座ってたら風邪ひいちゃうわよ？　立てないなら手伝うから、中に入って」

「し、しかし……」

彼女がためらいがちに、俺へと視線を向ける。

「大丈夫よ。さぁ、こっちに来て」

「あ、おい！」

止める間もなく、ステラはノエルを抱きかかえてベッドのほうへ移動する。

俺は仕方なくため息をつき、今度こそしっかり扉を閉めながら後を追うのだった。

ベッドの上で三人が顔を突き合わせる形になって、話が再開する。

「それで、ノエルちゃんはどうしてのぞき見なんてしたの？」

どうやら今度はステラが質問するつもりのようで、一瞬だけ俺に視線を向けてきた。

彼女がそう言うなら、黙って任せよう。

「……キッチンの片づけを終えて、寝ようと思って二階に上がったんです。そしたら声が聞こえて」

「不思議に思って近づいてみたら、わたしとエドがエッチしてたってことね？」

「はい……」

「うん、そこまでは仕方ないけど……どうしてそこですぐには立ち去らなかったのかしら？　そうすれば、エドも気付かなかったはずなのに」

そう、俺たちのセックスの声を聞いて、ちょっと覗いてしまったくらいは仕方ない。

俺もステラも、あとでそのことを知ったとしても苦笑いしつつ穏便に済ませることができただろう。けど、ずっと覗き続けて、しかもその場でオナニーするなんて……正直驚きだった。

真面目なノエルとは思えないことだけど。

「それ、は……おふたりのセックスを見ていたら、目が離せなくなってしまって……いつの間にか手が……」

ステラに促され、少しずつ状況を説明していくノエル。

ステラは足を崩してゆったりした姿勢で、俺は腕を組んで不機嫌な表情を隠さず話を聞いていた。

「犯されているときのステラさんがとってもエッチで、幸せそうで……気付いたら、お腹の奥がきゅうきゅうして止められなかったんです。本当にすみませんでした！」

彼女はそう言うと、最後にまた頭を下げてきた。

「ふう、なるほどね。ノエルちゃんの話はよく分かったわ」

「ステラ、こんなことがあると、一緒に住むのはちょっと」

「そんなっ!?」

俺の言葉に、思わずと言った様子でノエルが顔を上げる。

「そんな……ようやく、新しい料理と向き合えるような場所に出会えたのに……」

「しかしなぁ、こういうのは困るし。仕方ないだろ」

突き放すように言うと、ノエルはくしゃっと顔を歪めて泣きそうな表情になる。

すると、見かねたようにステラが間に入ってきた。

「エド、いくらなんでもそれは酷いんじゃないかしら？　ノエルちゃんが料理に真剣なのは、わたしよりエドのほうが分かってるでしょうに」

「じゃあ、ステラは平気なのか？　セックスを見学されて、オナニーのオカズにまでとか……さ……ちょっとなぁ……」

「それは……。そりゃあ、恥ずかしいわよ。でも、これだけ反省してるんだもの。これだって誤魔化しじゃないことは、今日の昼間の頑張りを見ていれば分かるわ」

どうやらステラは、あくまでノエルの肩を持つらしい。

納得はできないが、まあ見られてしまった彼女自身がそう思うなら仕方ない。

けれど、やっぱり俺はふたりの時間を大切にしたいしな……。

「あのっ」

「……なんだ？」

初めてノエルのほうから話しかけられ、俺はそんな思考を中断して視線を向ける。

ノエルは一瞬、俺の視線に怯んだものの、ステラの存在に励まされてか再び口を開いた。

「師匠がステラさんとの関係を大切に思っているのは、よく分かりました。そんなおふたりの時間に水を差すような真似をしてしまって、申し訳ありません」

「謝罪はもう受け取ったよ。その上で、俺としてはな……」

「はい。でも、私はどうしてもここで料理の研究をさせてもらいたいんです。だから、私もできる限りの……その、せ、誠意をお見せします」

そう言うと、ノエルは自分の胸元に手を持っていく。

そして、ボタンをはずすと服を脱ぎ始めた。

「なっ、おい!?」

「ノエルちゃん、何を……」

この行動には、俺もステラも驚いて困惑してしまう。

けれど、彼女の手は止まらずそのままどんどん服を脱いでいった。

上着に、シャツに、そして下着にまで手をかける。

「これが、私の気持ちです。どうかお詫びに……師匠の手で、私の純潔を奪ってください！」

震える手で最後の下着を脱ぎ去り、全裸になったノエル。

恥ずかしさからか目尻には光るものがあったけれど、決して体は隠さず、胸も秘部も俺に見せつけていた。

このままではマズいとは思いつつも、男としての本能でその体を観察してしまう。

染み一つない真っ白な肌に、全身に程よく肉のついたスッキリした肢体。

例外は胸と腰回りで、ここだけは男を誘惑するかのような見事な肉付きだ。

それでもだらしなくならない範囲で綺麗に引き締まっていて、とても魅力的に見える。

「そ、そんなのダメよ！　ノエルちゃん、初めてなんでしょう？　こんなところで……」

ここで慌てたのはステラだった。

馬鹿な真似はよせと説得しようとするが、ノエルは首を横に振る。

「これから自分の料理を作っていく上で、師匠の協力は不可欠なんです。だから、ステラさんに守っていただくだけでなく、私自身がお店の一員であることを、師匠に納得してもらわないと」

羞恥心で体を震わせながらも、自分が切り出したことを後悔しているような様子は見られなかった。その決意に満ちた目に見つめられて、俺もだんだんと面白くなってきた。

「……わかったよ。ステラ、ノエルが自分からやるって言いだしたんだ。その思い切りのよさは、料

「師匠として、弟子入り志願者と向き合う……というのもあるけれど、それ以上に、一人の男として好ましいかもな」

ステラの背に隠れているよりも、自ら俺の前に出てきた決意は認めなければ。

「ノエル、こっちに来るんだ」

「は、はいっ！」

彼女はベッドの上を移動して、俺のほうへやってくる。

「一応聞いておくけど。誰か意中の相手とか、将来を約束している男がいたりはしないのか？　親同士の約束とかでもだ。無茶はしていないか？」

「いいえ、いません。それに、師匠になら……大丈夫です。私も、同じように……恥ずかしくしてください……。ずっとここで一緒に、働かせてほしいんです」

その答えを聞いて、ノエルは本当に料理に対して一途なんだなと思った。

「分かった。じゃあ、いいか？」

「はい。……あっ、んっ！」

まずは彼女の腰を抱き寄せ、そのままキスした。

一瞬驚いた様子を見せたけれど、拒むことはない。

「は、むっ……ん、ちゅっ、んはぁっ……」

むしろ、拙いながらも自分から唇を押しつけようとしてくるのは驚きだった。

「ノエルは思った以上に積極的だな」

「師匠に納得していただけるよう、頑張らないといけないので。んんっ！」

そう言いながら、再び唇を重ねてくる。

理由はどうあれ、ノエルのような美少女とキスしていることに体も反応し始めた。

ステラとのセックスから少し時間も経っているので、精力も回復している。

肉棒が鎌首をもたげると、先端がわずかにノエルの足に触れる。

「あっ？　んんっ……これ、師匠の……」

唇を離して下半身を見下ろしたノエルは、さすがに顔を赤くしていた。

けれど目を逸らそうとはせず、呼吸を整えると右手を伸ばしてくる。

しかし、その腕は俺が掴んで持ち上げてしまった。

「ちょっと待て。男より、女の準備のほうが先だよ」

「わ、私は大丈夫です！　痛いのだって我慢できます！」

「我慢できるかどうかの問題じゃなくて、俺のほうが痛々しいのは嫌なんだよ」

「あっ、きゃっ！」

俺は問答無用で、彼女をベッドに押し倒した。

さて指でしようか口でしようかと考えたけれど、さすがに出会って間もない相手にそんな愛撫はされたくないだろうと思いなおす。

そこで別の方法を考えようとしていたところで、ステラが介入してきた。

「もう、エドは強引なんだから。気遣うつもりがあるなら、もう少し優しくしてあげたらどうなの？」

「分かってるよ、いま考えてたところだ」

とはいえ、もう夜も遅い。のんびりしていたら翌日に差し支えるだろう。

そこで、俺はちょっとした道具に頼ることにする。

「ええと……ああ、あったあった」

俺が取り出したのは、二十センチほどの大きさの瓶だ。

中には半透明のドロッとした液体が入っている。

「西国の湖に自生する海藻を原料に作られたローションだよ。性行為を補助する魔法的効果もある」

「あっ、それは……ううん、まあ初めてのノエルなら、むしろ丁度いいかな」

「ステラさん、あれがどんなものか知ってるんですか？」

「あはは、少しね。確かに初体験の痛みは薄れるんじゃないかしら」

「……はぁ」

ステラの煮え切らない言葉に、やや不審なものを感じているようだ。

とはいえ、処女が相手なら、使ったほうがよいのは確実なので容赦なく使用させてもらおう。

瓶のふたを開けるとローションを指先にまぶしていく。

「凄いドロドロです。それが……ごくっ」

「大丈夫よ、わたしも一緒についてるから。ほら、こっちに来て？」

ステラは枕元に移動すると、腰を下ろして自分の膝にノエルを誘う。

「ですが……」

「強がっても、初めては不安でしょう？　わたしもそうだったもの。ほら、遠慮しないの！」

「……わ、わかりました」

結局ノエルは、ステラに膝枕されることに。

ステラも、邪魔になったのか羽織っていたシャツを脱いだので、俺の目の前にふたりの美少女が全裸でいる状況になった。

その光景を見て、俺は自分が激しく興奮していくのを感じながら、ふたりに近づいていく。

「ノエル、触れるぞ」

「は、はい……んっ、あっ！」

片手で足を持って開脚させ、もう片方の手で秘部に触れていく。

彼女はローションの冷たさで一瞬、体をこわばらせた。

「ん、くっ……ふっ、はぁっ！　私のアソコに、師匠の指が……むずがゆくて、恥ずかしいです」

「すぐ気持ちよくなるさ」

俺は秘部の表面をなでるようにしながら、徐々に指を割れ目に沿って動かしていく。

「はぁ、はぁ……きゃっ！　ヌルヌルが、中にっ！」

「体に害はないから安心しろ。もう冷たくもないだろう？」

「そう、ですね……でも、これ、どんどん奥に……あ、うっ！」

ノエルは動揺しているようだけれど、俺は手を動かし続ける。

「むぅ……これでどうだ？」

「はぁ、はぁ……はい、師匠の指が中に入っているのが分かります……」

指の第一関節と第二関節の間くらいまで挿入すると、彼女も少し慣れてきたようだ。

ローションに含まれている興奮作用のおかげかもしれない。

挿入をしやすくするように、体に働きかける効果がある。

もちろん、麻薬めいた副作用があるわけではないので安心だ。

ともあれ、不慣れな膣内で、このまま指で奥まで刺激するわけにはいかない。

「あまり勢いよくやると、処女膜を傷つけてしまうかもしれないからな」

自分のオナニーでやってしまうならまだしも、他人に指で処女膜を破られるのは、喜ばしいことじゃないだろうから。

案の定ノエルもそう感じていたようで、こっちを見て頷く。

「師匠、私はもう大丈夫ですから……どうか、お願いしますっ！」

「分かった。じゃあ、始めるぞ」

ローションも中まで行き渡ったのは確認した。

俺は膣内からゆっくり指を引き抜くと、自分の肉棒を取り出す。

「あぅ……お、おっきくなってます……」

「そりゃあ、ノエルみたいな美少女が裸でいやらしい格好してるんだ。どうしてもこうなる」

生真面目な彼女が、俺の目の前で全裸で横たわっているというだけで、かなりの衝撃だ。

この美少女の処女を、これから自分の手で奪うことになる。

俺は、自分の中にある征服欲はそれほど大きくないと思っていたけれど、今はジリジリと、強い興奮で刺激されているのを感じていた。

目の前の、まだ誰の手垢もついていない清純な肉体を、自分だけのものにしてしまいたい。

隅々まで蹂躙して、自分が初めてを奪ったという証拠を刻みつけてやりたかった。

そんな荒々しい気持ちが、意図せず湧いてきてしまう。

「さっきだって、わたし相手にあんなに激しくしてたのに、まだまだ余裕だったみたいね？」

ただ、ステラに少し嫉妬するような視線を向けられると、それも少し治まってくる。

「ちょっと、回復したんだよ。それに、コレが柔らかいと逆に入れにくいぞ」

「まあ、確かにそうかもしれないわね。じゃあ、いよいよ入れちゃう？」

「ああ。しっかりノエルを支えておいてあげてくれよ」

「任せときなさい」

彼女はそう言いながら、ノエルの頭へポンポンと触れる。

「ス、ステラさん……」

そのノエルが不安そうな表情で、ステラを見上げる。

自分から処女を捧げるとは言ったが、やはりいざとなると怖さはぬぐい切れないらしい。

そんな彼女に、ステラは落ち着いて話しかける。

「大丈夫よ。エドってスケベだけど、むやみやたらに周りの女の子に手を出すことはしないし、意外と抱くときは紳士なの。ノエルのことも、ちゃんと気遣ってくれるわ」

「……はい、信じます」

その言葉に納得したのか、静かにうなずくノエル。

そして、決意した表情で俺を見つめてきた。

「師匠、お願いします」

「ああ、ノエルの初めてを貰うからな」

片手で腰を掴むと、もう片方の手を膝に置いてしっかり股を開かせる。

足の間に入り込み、肉棒を秘部に押し当てた。

「んっ、硬い……こんなに大きいの、本当に入るんですか？」

「大丈夫だ、女の子の体は案外、柔軟にできてる」

そう言いつつ、ゆっくり腰を前に動かしていく。

亀頭がローションで濡れた割れ目に潜り込み、いよいよ処女の膣内へ侵入していった。

「はぁ、はぁ……あっ、ぐ！　ほんとにっ、入ってきたっ……ひゃぐぅぅっ！　中、広げられてっ……あぁぁぁぁっ!!」

さすがに最初は辛いのか、こらえきれずに悲鳴を上げるノエル。

両手でベッドのシーツを掴み、衝撃に耐えようとしていた。

「大丈夫だ、先端は入ったぞ。このまま奥まで進むからな」

もっとも幅のある部分が入ってしまえば、あとはなんとかなる。

ググっと腰を押し込んで挿入を続け、いよいよ処女膜のところまで到達した。

「ノエル、ここから先に進んだら後に戻れないぞ」

「んっ、きゃふっ……お願い、しますっ！」

「分かった。その代わり、手をこっちに」

「師匠……あぁ……」

シーツを握っていたノエルの右手をとって、握り合う。

指同士が絡み合ってしっかり繋がったのを確認すると、俺は一気に腰を動かした。

「ひゃっ、ひ、ぎぃぃぃぃぃぃっ!?」

直後、ビクンッ！　とノエルの全身が震えて悲鳴が上がった。

処女膜を突き破った俺は、襞に染みこんだローションを頼りに腰を奥まで進める。

なんとか最奥まで到達したところで、ようやく腰を止めた。

「つはぁ！　あぐっ……はぁ、ふぅっ！　ぜ、全部入りましたか？」

繋いだ手をギュッと握りしめながら、問いかけてくるノエル。

彼女に頷いて答えながら、俺も想像以上の感覚に驚いていた。

ノエルの中は初めてだというのに、一息で肉棒を奥まで飲み込んだ。

ローションによる助けがあったとしても、普通はこうまではいかないはず。

どうやら、かなり体の相性がいいらしい。

「ノエル、腹のほうはどうだ。まだ痛むか？」

「はい、少し……」

「じゃあ、わたしが治してあげるわね」

「えっ？」

ノエルが疑問に思うより早く、ステラが彼女に手をかざした。

短く呪文を唱えると、手のひらが淡く光って回復魔法が効果を発揮する。

「い、痛みが取れていきます……これって、魔法なんですか？」

どうやらこれまでに、間近では魔法を見たことがないらしく、少し困惑気味なノエル。

そんな彼女に、ステラは優しく笑いかけた。

「そうよ、わたしもエドも少し魔法が使えるの。調理にも少し使ってたでしょ？　あちこちを旅するのに魔法ほど便利なものはないもの。ノエルの前では控えてたけど、エドは普段、もっと魔法を料理に利用するのよ」

「えっ、本当ですか!?」

「まあな。ともあれ、そのことは後だ。挿入しただけで終わりとは思ってないよな？」

少なくとも俺は、こんな中途半端な状態で終えるつもりはない。

処女を貰った男の責任として、しっかりとセックスを経験させてやる必要がある。

「うっ……は、はい……最後まで頑張ります」

回復魔法の効果で痛みはなくなったようだけれど、まだ圧迫感はあるだろう。

乱暴にしないように、ゆっくり腰を動かしていく。

動きが鈍いぶん大きく動いて、中を丹念に刺激していった。

「んっ、くっ……はぐっ、ううっ！」

やはりまだ肉棒の大きさに慣れていないからか、うめき声が聞こえるが、俺は再び肉棒を最奥まで挿入しきってしまう。

彼女は自分の中にしっかりとペニスが収まったのを見て、大きく息を吐いた。

「ふぅぅ……お腹の中が突っ張っているみたいです」

「奥までしっかり入ってるからな。痛みがないなら、とりあえずは十分だろう」

情事を覗き見られていたのを知ったときは、さすがにちょっとは怒りも湧いたが、今は落ち着いている。ノエルは、自分の純潔を捧げるという大きな約束を、達成してくれたのだ。

こうして体が繋がっていると、どうしても親近感が湧いてきてしまう。

流れでこうなったとはいえ、純潔をゆだねられたというのは、男として大きなことだった。

そのまま彼女の様子を見ていると、やがて呼吸を落ち着けてこちらを見てくる。

「ふぅ……師匠、もっと動かしてもらっても大丈夫です」

「じゃあ、ゆっくりやっていくか」

「泣かせちゃ駄目だよ？」

ステラに釘を刺されたので頷いて返しつつも、徐々に腰を動かすスピードを上げていく。

「あん、まだちょっと違和感があるけど、大丈夫です。はぁっ、はふぅ……」

健気にもそう言うノエルに、改めて生真面目だなと思う。

片手はまだ、俺の手を放さないようにしっかりと握っているし、緊張が完全には除かれていない

のがわかる。

「そうか。なら、俺も男としてできることをしないとな」

どうせなら、この少女にたっぷり快楽の味を教え込んでやろうと考えるのだった。

「もっといろんなところに触れて、ノエルも気持ちよくなれるところを探していくからな」

「んくっ……あっ、はぁっ……やぅっ！」

膣内の上下左右、余すところなく触れるように腰を動かす。

肉棒の先端で突っついたり、カリ首のところでひっかくように刺激したり。

一番気持ちよくなれるところを求めていくと、最奥から少し手前に戻ったところで、いい反応があった。

「あくっ!?　ひゃう、はっ……やっ、またそこっ！」

「ここが感じやすいみたいだな。じゃあ、たっぷり可愛がってやらないと」

俺はしっかり彼女の体を捕まえると、より激しく腰を振る。

「あうっ、んくうぅぅっ！　ま、待ってください！　なにか、変で……あぁっ、やうぅぅっ！」

肉棒で強めに弱点を突くと、ノエルが耐えきれずに嬌声を上げた。

「ひぃ、はぐっ……私、こんな声をっ……」

「さっきのローションの効果で、感じやすくなってるみたいね。いいのよ、不安に思わないで気持ちよくなってみて？」

「ステラさん……。はぁ、んぅ……ひんっ！　お腹がどんどん、熱くなってますっ……！」

「そうそう、その調子。もっとリラックスして、気持ちよくなろうね」

ステラが優しく頭をなでると、それだけノエルの緊張は解れて感じやすくなるようだ。

普段ははつらつとしているステラだけど、たまにこういうことで、聖女らしさを感じさせる。

「ステラ、ちょっとこっちに」

「なに、どうしたの？　あっ、んぅ……もうっ……」

彼女を呼ぶと、そのまま顔を近づけて唇を奪った。

一瞬目を見開いて驚いたものの、すぐ仕方なさそうな表情で舌を絡めてくれる。

「はむ、ちゅるっ……んる、はぁっ……今はノエルとエッチしてるんでしょ？」

「ちょっとだけだよ。しおらしいステラを見てたら我慢できなくなった」

「……はいはい、じゃあこれでおしまいね」

彼女はそう言って唇を離したものの、さっきより熱い視線を向けてきていた。

もしかしたら、ノエルとのセックスが終わってもしばらくは眠れないかもしれない。

一方、肝心のノエルは性感の高まっていく体をコントロールできずにいるようだ。

「はっ、あうっ！　これっ、体がどんどん気持ちよくなってますっ！　こんなの初めてで、どうしていいか……んくぅぅっ！　はっ、ひうっ！」

ピストンのたびにお腹を震わせながら、甘い声を漏らすノエル。

表情もだんだんと快感に飲まれて、淫らになっていった。

頬は火照り、落ち着かない様子だった目元もぼんやりして、快楽にのめり込んでいっているのが分かる。それを見て、俺も自分の興奮が高まってきているのに気付いた。

昼間はその生真面目さを微笑ましく見ていた少女に、どうしようもなく興奮してしまっている。

「あひぅっ!?　あっ、ひぐっ！　また激しくっ……あうぅぅっ！」

「ノエル、もうたまらなくなってるんだろう？　中がビクついてるのが分かるぞ」

「師匠っ……だめっ、体が熱くてだめなんですっ！　気持ちよすぎて、言うこときかなくてっ！」

ズンズンと奥のほうまで突くたびに、膣内が反応して肉棒を締めつけてくる。

最初はされるがままだったノエルの体も、侵入してくる男に対する対応を学んだようだった。

腰を前後に動かすと、キツめの締めつけで全体を刺激しながら射精を促してくる。

「我慢することはないんだ。そのまま気持ちよさに身をゆだねろ」

「でも、これっ……あああぁぁっ！　くるっ、なにかきちゃいますっ！」

繋げた手を強く握りしめ、ノエルが俺を見つめる。

「イキそうか？」

「うぐっ、イキますっ！　絶頂、しちゃいますっ！　師匠も一緒にきてくださいっ！」

ノエルがすがるような視線を向けてきた直後、膣内がギュギュっと締まった。

「つく!?　ノエルッ、お前……うぐっ、出すぞっ！」

明らかに今までと違う締めつけ。彼女が意図的にやったんだろう。

これまで大人しかった少女の反撃に、油断していた俺は不覚をとってしまった。

一気に性感が高まり、欲望があふれ出しそうになる。

けれど、これまでさんざん責められていたノエルのほうが一歩早かった。

「わ、私もっ！　イキますっ、イクッ……あぁっ、はぅ、ううううぅぅうぅうううっ!!」

絶頂の衝撃で全身がこわばり、一瞬後には追いかけるように快感が巡って蕩けていく。

「ぐぅっ……ノエルッ!!」

それに合わせるように、俺も彼女の中に射精した。

肉棒からあふれ出した精液が膣内にまき散らされ、隅々まで彼女を犯していく。

「ひぁっ！　やっ、熱いっ……あぁ……これも、気持ちいいかも、です……」

ドクドクと中出しされている最中も、ノエルは呆然とした表情で絶頂の余韻に身を震わせていた。

そのままの姿勢で数分経つと、ようやく体の感覚も元に戻ってくる。

腰を動かして肉棒を引き抜くと、少し遅れて、開いた膣口から白濁液が垂れてきた。

「はぁっ、ふぅ、んっ……終わったんでしょうか？」

「ああ、ノエルはよくやったよ。すごく頑張ってた」

そう言うと、彼女は安心したように表情を緩めた。

「それでエド、これでノエルちゃんのことは許してあげるってことね？」

それまで黙って様子を見ていたステラが確認してくる。

俺はふたりに分かるよう、大きくうなずいた。

「ああ、これだけの気持ちを見せられちゃな。応じないわけにはいかないだろう」

出来事をそっくり忘れるようなことはできないが、今夜の件に関しては納得した。

ノエルには、明日以降も食堂を手伝ってもらうことにしよう。

「ほんとうですか？　はぁ……ありがとうございますっ！」

俺の言葉を聞いた彼女も、安心したように息を吐いて脱力した。

「まあ、なんだ。さすがにもう時間も遅いし、明日からのことは起きてからは話そう」

「そうね、ノエルちゃんも疲れちゃってるみたいだし」

「う……すみません、さすがに体がガタガタで……」

「謝ることないよノエルちゃん、それよりゆっくり休まないと」

「はい、わかりました」

「わたしがついていてあげるから、安心して休んでね」

それからノエルはステラに付き添われ、部屋に戻っていった。

「……ふぅ、少し感情的になりすぎたなぁ。まったく大人気ない」

ひとり部屋に残った俺は、むきになって年下の少女を責めてしまったことを反省する。

「どうしてもステラのことになるとなぁ……」

この世界に生まれてから、家族に次いで長く、一緒に過ごしていた相手だ。

何年も旅をして、生死をかけた戦いで背中を預け合い、もはや自分の半身と言ってもいい存在。

彼女のことになるといつもより過剰に反応してしまうのは、あまり良くないんじゃないだろうか。

「これからは平和に暮らすんだ。気を付けないといけないよな」

反省を胸にしながら、俺はそのままひとりで夜を過ごすのだった。

第三章　王子の来訪と告白

ランダル食堂にも、週に一度の定休日がある。

今日はその定休日で、しかもシャイナさんがお忍びで遊びに来ていた。

いつもは営業日に他のお客さんにまぎれてやってくるんだけれど、今週は予定が合わなかったらしい。

表は締まっているので、裏口からこっそり入ってもらう。

「裏口を使うのは初めてね。なんだか、いけないことをしている気分だわ♪」

「そんなこと言いつつ、ずいぶん楽しそうですね」

そもそも、王女様がひとりでこんなところまで来ていること自体がいけないことだと思うけれど、そこは指摘しないでおこう。

大切な常連さんの機嫌を損ねるのは賢くない。

「あら、ここに来るときはいつだって機嫌がいいわよ？　でも、最近はもっと楽しみになったわ。店にノエルちゃんが来てからは、独創的な料理も増えたものね」

覗き見事件からは、もう半月が経過していた。

その間にも、もちろんシャイナさんはやってきていて、ノエルの紹介も済ませてある。

一応、彼女にはシャイナさんのことを、お忍びでやってきている貴族の令嬢と説明してあった。

不用意に王女様だと教えるのは、お互いのために避けようという判断からだ。

幸い、ノエルの実家のレストランにもよく貴族がやってくるようで、変に緊張したりはしなかった。お忍びというのも、貴族特有の事情だと理解していたようだ。

「ふふふ、今日はどんな料理を味わわせてもらえるのかしら？」

「今回はシャイナさんでもちょっと驚くと思いますよ。ノエルが奇抜な組み合わせを考えたんですが、これがけっこういけるんです」

「まあ！　ますます楽しみになってしまうわ！」

シャイナさんを席に案内すると、さっそくキッチンからステラが出てくる。

手に持ったトレーには、スープが入った皿が乗せられていた。

「いらっしゃいませシャイナさん。今日はまずこちらのスープを召し上がっていただきたいんです」

目の前に置かれた皿の中は、赤茶色のスープで満たされていた。

「……ふぅ、素敵な香りね。具もたくさんあってなかなか食べ応えがありそうだわ」

「どうぞ、味わってみてください」

ステラに促され、シャイナさんがスープを口に運ぶ。

「ッ!?　これは、お肉……？　いえ、違うわね。何かしら」

「ええ、植物由来の材料を主に使いつつ、味はビーフシチューに近づけてみました」

キッチンのほうから声がして、ノエルが顔を見せる。

「確かにすごいわ、一瞬本当にお肉のシチューかと思ってしまったくらい。肉かと思ったこの大きな塊だけは、お魚ね」

ビーフというのも俺が勝手に言っているだけで「牛」ではないのだけれど、獣肉を使わないことが、このシチューのテーマなのだ。

「はい、つみれを作る要領で練って固めたものを焼きました。エラン芋を擦ったものを一緒に混ぜて、臭みを消しています」

エラン芋はこの世界独特の芋で、山芋のように扱える。

わずかに辛みも持っているので、魚の生臭さを打ち消すのに一役かっていた。

「はむ……んっ……さすがに二口目からは分かってしまうけれど、最初のインパクトはなかなかね。でも、どうしてこんなものを作ろうと思ったのかしら？」

シャイナさんが問いかけると、ノエルは少し照れた様子で頰をかく。

「実は師匠から旅のお話を聞いたとき、その中で宗教上の戒律とか、体質の問題で食べられるものが制限されている人たちがいると聞いたんです。そう言った方々にも、もっと食の広さを知ってもらえる料理が作ってみたいと思いました。もちろん、普通の人が食べても美味しくなるよう頑張りましたが」

「なるほど、今回はお肉が食べられない人向けの料理というわけね」

シャイナさんは感心したように頷くと、もうひと口、スープを口に運ぶ。

「ん……素敵な考えだけれど、まだ少しスープの味に改良を加えられるのではないかしら」

そう言われて、ノエルの表情が少し曇る。

「……お分かりになりますか。これはまだ試作品なんです。お魚っぽさを押し殺そうとすると、どうしても味が濃い目になってしまって」

「そうね、もう少し優しい味になれば、多くの人に受け入れられると思うわ」

試作品の弱点を見事に見抜いたシャイナさんは、落ち込んでいるノエルに助言する。

「試しにレアの実を使ってみてはどうかしら。ジャノワ川の上流で栽培されている香辛料よ。あれならこのスープのスタイルからも外れないし、エド君なら持っていると思うのだけれど」

「ああ、ありますよ。確かに、擦り込むと臭みを取る効果がありますね。ノエル、使ってみるか？」

「は、はい！　ぜひ！」

顔を上げたノエルは、やる気に満ちた表情でキッチンへ戻っていく。

「さすがですね、シャイナさん。少し口にしただけで改善点を言い当てるなんて」

「ノエルちゃんはレストランの娘さんなんでしょう？　基礎がしっかりしているから、料理も正道なの。エド君とは料理の根っこが少し違うから、わたくしも分かりやすいのよ」

彼女はそう言いつつも、再びスープを口に運んでいく。

「このスープ単体では少し濃い味だけれど、パンやご飯と一緒に食べると良い具合になるかもしれないわ」

「すぐにパンをお持ちしましょう、試してもらいたいですから」

俺はノエルの後を追うようにキッチンを向かう。

「あっ、師匠！　先ほどシャイナさんが言っていた香辛料は……」

「こっちの棚にある。使いすぎるとキツイ匂いがついてしまうから、量に気をつけるんだぞ」

「はい！」

さっそく準備を始めるノエルを横目に見ながらパンの準備をする。

それから俺たちはノエルが改良したスープの試食に付き合ったり、あるいはシャイナさんの愚痴を聞きながらお茶をしたりした。

休日のランダル食堂はいつもより少し静かだけれど、その分落ち着いて、和やかな雰囲気のまま時間が過ぎていった。

そして夜になってからは、別の意味でにぎやかになってくる。


「つく……まさか、三人相手だとはな」

ベッドの上で横になっている俺は、快感を堪えながら周りを見る。

俺と同じベッドの上には、ステラ、シャイナさん、ノエルの三人がいた。

「はむっ、んちゅっ……師匠のここ、どんどん硬くなってます。はぁ、んくっ！」

「ノエルのフェラが上手くなってきた証拠よ。ね、エド、気持ちいいでしょ？」

股間には、ノエルとステラのふたりが侍《はべ》っている。

それぞれ左右から顔を近づけて、舌を伸ばして肉棒を刺激していた。

「ああ、気持ちいいよ。ノエルもかなりうまくなったし……うっ、くぅ……」

処女を奪ってからというもの、ノエルは時折、セックスを求めてくるようになっていた。

最初から快楽を覚え込ませたからか、たまにしないと体が疼いてしまうのだという。

まあ、あの状況でひとりエッチするぐらい、素養はあったわけだけど。

「エド君も罪な男だわ。こんなに真面目な子にセックスの気持ちよさを教え込んでしまうなんて。ん、ちゅ……あむっ。そりゃあ、したくなっちゃうわね」

そう言いながらキスしてくるのは、シャイナさんだった。

三人の中でも特に大きな胸を、俺の胸元に押しつけながら唇を重ねてくる。

「俺は全力を尽くしただけですよ」

「確かに、女の子に痛い思いをさせるよりはいいと思うわ」

そう言ってニッコリと笑みを浮かべると、シャイナさんは体を起こす。

「ふう……今日は、わたくしが最初でよかったかしら？」

「ええ、シャイナさんは週一でしか来られませんからね」

「ありがとうエド君。そのぶん頑張るから、一緒に気持ちよくなりましょうね♪」

シャイナさんが腰のほうに移動すると、ステラとノエルが場所を譲る。

そして、空いたスペースに彼女が入り込んで、俺の腰にまたがるような形になった。

「まあ、凄いわ！　もうこんなに……ふたりのフェラがそんなに気持ちよかったの？」

すでに肉棒は全開状態で、腰を浮かせているシャイナさんに届いて、今にも触れそうなほどだ。

「ステラはもちろん、ノエルも上達してますから。覚えがいいんですよ」

「……なら、わたくしも負けていられないわ」

「シャイナさん？　おっ、うわっ！」

彼女は肉棒を手に取ると、自分の秘部にあてて一気に腰を下ろした。

「んぐっ！　あっ、はぁっ!!」

肉棒が一瞬のうちに膣内へ入り込んで、そのまま最奥まで到達する。

「くっ、すごい……中が、いつの間にこんなにエロく……！」

挿入を果たした膣内は、俺が驚くほどにもう濡れていた。

まだ愛撫はしていないはずなので、もしかしてキスだけでこんなに興奮してしまったんだろうか？

「はぁっ……ああ、おっきい……奥までピッタリとハマって、ズンッて突かれちゃってるわ……」

さすがの彼女もいきなりの挿入は衝撃があったようで、少し表情を硬くしている。

しかし、その緊張もすぐに取れて、いつもの優し気な笑みを浮かべた。

「ステラちゃんはまだしも、ノエルちゃんまでベッドに増えて、わたくしのことが忘れられていないか心配だったわ」

「そんなことは……」

「でも、不安だもの……。いずれは、エド君に娶ってもらおうかとも考えているのに」

「なっ!?」

突然の爆弾発言に驚きで声を上げてしまう。

そして、当然のように、近くにいたふたりにも聞こえていた。

「シャイナさんって、やっぱり……」

ノエルは驚きつつも、どこか納得したような表情だ。

「…………え？　そ、それって」

もう一方のステラははっきりと困惑していて、なかなか見ない彼女の反応に俺も驚いてしまう。

「あら、まさかわたくしが、ひとときの快楽のために抱かれているとでも思っていたのかしら？」

「……いえ、そんなことは思ってませんよ」

あまり恋愛経験はないけれど、シャイナさんはきっと、遊びで体を許すような性格ではない。

旅が終わって王都に腰を落ち着けてからは、忙しい中でも毎週のように会いに来てくれているし、その度にセックスを求められている。

明らかに姉的な親愛だけで説明できる域を超えているし、俺はもちろん、一緒に過ごしてきたステラにだって分かっていたことだ。

けれど、今まではあえて口に出すことはなかった。

なのに、今になって突然そんなことを言い出したのは、やはりノエルが切っ掛けか？

「今すぐにとは言わないけれど、周りにこれだけ女の子がいるんだもの。いずれはきちんと関係を整えないといけないわ」

俺の内心の不安を見透かしたように、笑いかけてくるシャイナさん。

「エド君だけじゃなく、ステラちゃんも考えておいたほうがいいと思うわ。今の曖昧な関係が心地いいのも分かるけれど、いずれは進展しないといけないもの」

声の調子こそいつものように優しかったが、その内容は俺たちふたりを悟すようなものだった。

状況についていけていないノエルは、あわあわと動揺している。

「んっ……ごめんなさいね、なんだかしんみりさせちゃって。気を取り直して楽しみましょう？」

「シャイナさん、俺……」

「今日はまだいいじゃない。危険な旅の最中と違って、時間はたっぷりあるんだもの、ね？　それより、わたくしもう我慢できなくなってしまったわ！」

「ちょっ、ぐぅぅっ！」

なんとか返事をしなくてはと思って、口を開こうとした途端に彼女が腰を動かしてしまう。

興奮で熱くなった膣肉にしごかれ、一気に性感が高まっていった。

「はふっ、んぁっ！　エド君も気持ちいいんでしょう？　わたくしのなか、こんなに奥まで……あぁっ！」

両手を俺のお腹のあたりに置いて、体を安定させながら腰を揺するシャイナさん。

膣内で肉棒がしごきあげられて、快感で頭の中がいっぱいになってしまう。

シャイナさんの中は他のふたりより余裕があるというか、柔軟性があった。

膣内で肉棒が激しく動いても、それを受け止めて、むしろ俺に大きな快感を与える名器だ。

「はぁ、はぁ、んぐっ……ふたりも、一緒にエド君を気持ちよくさせてあげて」

「あ……は、はいっ！　頑張ります！」

「……ふふ、そうですね。せっかく三人で一緒にしているんだし、エドも楽しみたいわよね？」

シャイナさんの言葉で動揺から引き戻されたのか、ふたりが俺に視線を向ける。

そして、そのまま左右から添い寝するように体を近づけてきた。

「師匠、おっぱい好きですよね？　んっ、ほら、見てください」

左側にいるノエルが自分の胸元に手をやり、半脱ぎになって豊満な乳房を露《あらわ》にする。

まだ自分の体を異性に見せることになれないのか、恥ずかしそうな表情だけれど、それもまた俺の興奮を刺激した。

「師匠にも、シャイナさんにも気持ちよくなってもらいたいんです。だから、お手伝いさせてください ねっ！」

彼女はそう言いながら、俺の胸元に巨乳を直に押しつけてきた。

「おぉ……」

下半身で味わっている膣内とは違う、乳肉の柔らかな感触。思わずため息が出てしまう。

「もうっ、そんなにだらしない顔して……ほんと、世話が焼けるわね」

ふたりからの奉仕を堪能していると、遅れて右側からステラも体を寄せてきた。

彼女はノエルのように胸元を露出していないけれど、大きな胸の感覚は十分に伝わってくる。

「どうかしら、わたしもノエルには負けてないでしょう？」

「ああ、すごく気持ちいい……くぅ」

その最中にもシャイナさんは腰を動かし続け、こっちを追い詰めてくる。

「はぁ、はっ！　んぁ、ひぃ、はぁっ……んんっ！」

大きく腰を動かし、胸に負けず劣らず肉付きのいいお尻を打ちつけてくる。

肉棒は先端から根元までしごかれて、どんどん興奮を強めていった。

「くはっ、はぁっ！　シャイナさんっ！」

「エド君も動いてっ！　一緒にエッチして、気持ちよくなりましょう！」

けれど、彼女はまだ足りないとばかりに求めてくる。

「わたくしも……あぅ、頑張るわっ」

俺のお腹についていた手を後ろに回して、体を反らす形で安定させる。

ベッドも膝を立て、両足で体を支えていた。

「いくわね？　んんっ……あっ、ひうぅぅ！」

「うごっ!?」

今までよりも勢いよく彼女の体が動き、肉棒に電流のような強い快感が走った。

両足の踏ん張りが効いている分、より激しく動けるようだ。

「はぁはぁっ、あぅんっ！　エド君もきてっ！」

「シャイナさんっ……くっ、やってやりますよ！」

ここまで積極的にされて、黙ったままではいられない。

俺も彼女の動きに合わせるように、腰を突き上げ始めた。

「ひっ、はぁっ！　きたわっ、下からズンズンって……あんっ！」

ステラとノエルがくっついていることもあって、普段よりは動きが鈍くなってしまう。

それを補うように、シャイナさんをよく観察して彼女に合わせた。

「ひゃあっ！　すごいわっ、腰を下ろすと一気に突き上げて、奥までくるのっ！」

向こうが腰を下ろしたら突き上げ、上げたらこっちも引き抜くように動く。

これを徹底することで、普段のピストンより激しい刺激が互いに与えられていた。

「ああ、やっぱりエド君とのエッチ、気持ちいいわ！　下からもお腹いっぱいにしてほしいのっ！」

「そんなに欲しいなら、たらふく食べさせてあげますよ！」

いやらしく喘ぎ声を上げる彼女に、俺はそう言ってまた肉棒で突き上げる。

「ひうぅぅ！　はぁっ、ひんっ！　気持ちよくて、頭がふわふわするっ！」

寝そべった俺の腰の上で、エッチなお姫様が大きな胸を揺らしながら腰を振る。

楽しそうな笑みを浮かべながら、大きく息を荒げていた。

「はっ、はっ、ふぐぅっ！　凄いわ、さっきより硬い！　ふふっ、やっぱり三人から奉仕されてるからかしら？」

そう言う彼女の視線の先には、先ほどと変わらずステラとノエルがいる。いつもはきっちり着込んだ衣装をだらしなく着崩し、胸元を露出させながら体を擦り寄せて、俺にキスを強請《ねだ》ってきた。

「んむっ、ちゅっ、はぅ……エド、もっとわたしにキスしなさいよ」

「ステラは欲しがりだな」

「シャイナさんとのエッチを見せつけられたら、欲しくなるに決まってるじゃない……」

首に手を回してくるステラに熱っぽい目で見つめられ、俺は求めに応える。

顔を寄せて口づけすると、彼女は嬉しそうに舌をからめてきた。

「あぅ、それ気持ちいい……んんっ、エドももっと気持ちよくなって？」

片手でサラサラの髪を梳くように撫でると、舌がますます積極的になって、じゅるじゅると卑猥な水音を響かせる。

さっきのシャイナさんの発言で困惑していた顔はもう見えない。

今の彼女は、俺とのキスに夢中になっていた。

「うぅ……ステラさんずるいです。私もっ！」

先を取られたノエルは悔しそうにしながらも、ステラが口を離すとすぐにキスしてきた。

「ちゅむっ、はむっ！　私、師匠とキスすると凄く体が熱くなってきます。こんなに気持ちいいことを今まで知らなかったなんて……」

恍惚とした表情をしながら、俺の舌に自分の舌を絡ませていくノエル。

料理一辺倒の生真面目な少女が快楽に目覚めていく様子は、見ていて興奮する。

「ん、ノエルはキスも上手くなってきたな」

「そ、そうですか？　手先の器用さには自信があるのですが、舌はまだ慣れなくて」

「これからどんどん、エロい舌使いも教えてあげるよ」

「ふふっ、私は師匠に染められていってしまいますね。料理も、体も……」

俺とノエルの視線が絡み合い、キスもより深くなる。

けれど、その交わりを遮《さえぎ》るように、下半身から強烈な快感が昇ってきた。

「ふふ、ふたりにばかり目を向けていると、わたくしが搾り取ってしまうわよ？　ほらぁ……んっ、はぁんっ！」

「ぐっ！」

俺はノエルとステラの体に手を回しながら、襲い来る快楽を耐える。

「駄目だっ、もう……！」

「ひふっ、あうぅぅ！　わたくしもイキますっ！　エド君もたっぷり出してください！」

シャイナさんの腰の動きがいっそう速くなり、辺りにいやらしい水音が響く。

次の瞬間、込み上がってきた欲望が一気に爆発した。

「シャイナさん、出すよ！　ぐっ、イけっ！」

彼女のお尻が下りてくるのに合わせて腰を突き上げ、そのまま射精した。

肉棒の先端から白濁液が吹き上がり、勢いよく膣内を満たしていく。

「ああっ、ひぐううぅぅっ!!　わたくしもっ……あっ、うううううぅぅううぅっ!!」

膣内を隅々まで精液に汚されながら絶頂するシャイナさん。

その姿は特に妖艶で、射精している最中なのにまた欲望が湧いてきてしまいそうだ。

「んぐっ、はぁっ、んぅ……本当にお腹いっぱいにされてしまったわ。熱いので重くなってる……」

俺の上に跨ったまま、脱力した様子でそうつぶやくシャイナさん。

動けないのなら手伝おうかと思ったけれど、彼女は一息つくと腰を上げた。

「んっ……あっ！　ふぅ……」

ゆっくりと肉棒を引き抜くと、押さえがなくなり膣内から白濁液が漏れてくる。

その光景がとてもエロくて、また肉棒は力を取り戻していった。

「まあ、わたくしにたくさん出したばかりなのに……ふふ、ステラちゃんもノエルちゃんも、楽しませてもらえそうね♪」

彼女のその言葉とともに、今度はふたりに襲われることになるのだった。

＊　＊

三人で夜を過ごしてから、またしばらくが経った。

ノエルの新作料理作りも順調で、俺が用意した食材や調味料を使いこなすようになっている。

もちろん、食堂のほうの手伝いも順調だ。

メニューにあるものは大抵作れるようになったし、最近は俺の新メニュー開発も手伝ってもらっている。お互いに新しい料理へ向けて刺激が出来て一石二鳥だ。

ただ、その反対にステラとの距離感が微妙になっている気がする。

俺の思い違いだといいんだけれど、彼女は何やらひとりで悩みごとをする機会が増えたようだ。

普通に話しかければ答えてくれるし、セックスだってするけれど、どうも以前とは違う雰囲気になっている。

「……やっぱり、シャイナさんに言われたことを気にしてるのかな」

俺とステラはお互いに、唯一無二の相棒だ。それは間違いない。

けれど旅を終えてからも、俺たちの関係は変わることがなかった。

俺だって少しは、ステラに告白して夫婦になるといったことを考えなかった訳ではない。

けれど、どうしても今まで通りの関係が心地よくて、万一の結果に敏感になってしまっていた。

「どうしたもんかなぁ」

そんなことで悩みながら開店準備をしているとき。突然、店の入口の扉がノックされた。

「あっ、はい！」

すかさずノエルが反応して、厨房から出ていく。

ステラは裏のほうで食材の整理をしているはずなので、すぐには出られなかったからだ。

「すみません、まだ準備中でして……って、あれ？　シャイナさん!?」

驚くような声が、キッチンまで聞こえてきた。

「シャイナさんだって？　なんでこんな時間に……」

どうも様子がおかしいと思った俺は、手を洗って、食堂のほうに出ることに。

すると、ちょうどノエルがお客さんを案内しているところだった。

シャイナさんと、あとひとり。フード付きのローブで顔を隠した人がいる。

「やあ、本当にシャイナさんじゃないですか。いったいどうしたんですか？」

「エド君、急に押しかけてしまってごめんなさいね」

「いえ、別に構いませんが……ノエル、看板を出してくれ」

彼女は一つ頷くと、奥から立て看板を持ってきて外に出た。

お客さんには申し訳ないけれど、今日は開店時間を延期することになりそうだ。

どうも、ただ事ではない予感がする。

俺はシャイナさんとその連れを席に案内し、対面に座る。

「それで、今日はどういった事情なんですか？　いきなりいらっしゃるので、正直少し驚いてしまいましたよ」

「ごめんなさいね。数日前に来たばかりだから驚くのも無理はないわ。実は、今日はわたくしのお客さんに、この食堂を紹介したくて来たの」

シャイナさんがそう言うと、隣に座った人物がフードを取る。

中から現れたのは、薄褐色の健康的な肌をした金髪の青年だった。

年齢は俺と同じくらいだろうか。爽やかな感じのイケメンだ。

「こんにちは。僕の名前はレオナルド・ルスレイアス、レイアス連邦王国の王子だ」

シャイナさんが連れてくるぐらいだ。ただ者であるはずがないとは思ったけれど。

「なるほど、王子殿下がお忍びで……私は当食堂の店主をしております、エド・オーウェルと申します」

正体を聞いて、まだまだ自分の勘が鈍っていないことに安心する。これはまた、大物だ。

レイアス連邦王国は、バーミンガム王国の東にある国だ。

内陸国であり、元は遊牧民だったが、時代が下っていくにつれて徐々に定住しはじめた。やがて遊牧民の各氏族が連邦を組み、出来上がったのがレイアス連邦王国というわけだ。

一方、レオナルド王子は俺の反応を見て、意外そうな表情をしていた。

「おや、店主はあまり驚かないんだね？」

「普段からシャイナ様には、ご贔屓《ひいき》にしていただいておりますので」

「ふむ、シャイナ王女殿下の秘密のお気に入りというのは本当のようだ。ならば、堅苦しい言葉遣いは結構。僕にもシャイナ殿下と同じように接してほしい」

「そうですか、分かりました。それで、今回はおふたりでこっそり食事に？」

俺は改めてシャイナさんのほうを向いて問いかける。

「ええ、実はレオナルド殿下……ここではレオナルド君で良いかしら。彼は外交官として、しばらく我が国に滞在しているの。でも、国から連れてきたコックが病気で寝込んでしまって、慣れない土地の料理ばかりで気分が優《すぐ》れないらしいわ。そこで、エド君の食堂ならレイアス連邦の郷土料理も用意できるんじゃないかと思ったのよ」

異国で故郷の料理が食べたいというのは、この世界ではけっこう贅沢な悩みなのだ。

飢える心配がないというだけでも、多くの人々にとっては夢のような生活だし。

とはいえ、俺も異世界に転生してあちこちを旅した経験があるので、彼の気持ちは痛いほどわかる。旅先で心細いときほど、慣れ親しんだものが恋しくなるものだ。

「そういうことでしたら、引き受けましょう。しかし、本当にお食事だけの理由でここへ？」

「うっ、それは……」

少し鋭い視線でシャイナさんを見つめると、彼女は口を開くのを躊躇っている。

この食堂の存在は、あまり王国の上層部には知られないほうが、シャイナさんにとっても良い。

なのにレオナルド王子を連れてきたのは、もっと、それ相応の理由があるはずだ。

「……このことは、僕に原因があるんだ」

そのとき、予想外にもレオナルド王子のほうから話を切り出した。

「実は外交官というのは建前で、僕はシャイナさんの婿候補としてやってきてね。隙を見てはアプローチをかけていたんだけれど、驚くほど手ごたえがない。こんなことは初めてで、焦ったよ」

「ほう、そんなことが……」

レオナルド王子は顔も良いし性格も温厚だ。家柄も最高だし、女性にとっては玉の輿だろう。

本国ではきっと、さぞモテたに違いない。

少し年下だけれど、シャイナさんにも、相手としての不足はないだろう。

これだけ好条件なのに興味も持たれないなんて、お見合いとしては、普通はおかしいと思うよな。

「失礼を承知で伺《うかが》ったら、どうも心に決めた相手がいるらしい。そのときは思わず、天を仰いだね」

そう言って肩を落とす王子に、俺は苦笑いしてしまう。

「一応説得してみたものの、彼女の意志は固いようで、びくともしない。落ち込んでいると、彼女のほうから埋め合わせをさせてほしいと言われたんだ。せっかく隣国からきて肩透かしを食らわせてしまって、申し訳ないとね」

「それで最初の話に繋がるわけですか」

レオナルド王子がここにやってくる経緯は、よく分かった。

シャイナさんが信用して紹介したのなら、口は固いんだろう。

こちらの正体まで話すつもりはないけれど、誠心誠意、料理を提供することにしよう。

そう考えていたところで、奥からステラが戻ってきた。

「エド、シャイナさんが来たって本当？　厄介ごととか持ち込まれるのは困るわ……えっ？　こ、こんにちは！」

シャイナさんの隣に、もうひとりお客さんがいることに気付いて慌てて接客モードになるステラ。

ちょっと手遅れなんじゃないかと思い、厄介ごと扱いされて王子が怒っていないか盗み見る。

けれど、意外にも彼はステラの姿にくぎ付けになって、呆けたような表情をしていた。

「……すばらしい、まさに天使だ！」

「あの……レオナルドさん？」

心配になって俺が声をかけたけれど、彼の視線はステラに注がれたままになっている。

確かにステラは、天空神の加護で天使の力をその身に宿すことが出来るけれど、まさかそれを見抜いた……ってわけではないだろう。もちろん。

さっきより強く嫌な予感がしたけれど、彼は止める間もなくステラの前に跪《ひざまず》いた。

「ステラさん、僕はレオナルド・ルスレイアスというものです。どうか名前を憶えていただけると幸栄です」

「ル、ルスレイアスさん、ですか」

いきなりのことで驚きつつも、なんとか笑顔のまま対応するステラ。

しかし、レオナルド王子は彼女に追い打ちをかける。

「初めてお目にかかる方にこんなことを言うのは不躾《ぶしつけ》だと承知していますが、どうか聞いていただきたい。……僕は貴方に一目惚れしてしまいました。こんなに胸が高鳴ったのは初めてです！　一生をかけて幸せにします、どうか僕の妻になってください」

彼が怒涛の勢いですべての言葉を言い終わった後、食堂に静寂が訪れた。

誰もがどうしたらよいかわからなくなって、固まっているのだ。

そんなとき、外に休業中の看板を出していたノエルが戻ってくる。

彼女はしんとした食堂を首を傾げた。

「……師匠、この状況はいったいどういうことでしょうか？」

その言葉で、俺もようやく再起動する。

「あ、ああ……少し衝撃的なことがあって呆然としていたんだ」

そう返答すると、恐る恐るレオナルド王子に声をかける。

「あの、王子。出来れば座って話をしたいのですが、いいでしょうか？」

「うん？　ああ、そうだね。すまない、ステラさんに見とれてしまっていたんだ」

彼はそう言って苦笑いすると、立ち上がって席に戻る。

本当に今まで、俺たちのことが視界に入っていなかったようだ。

席に戻ってからも、チラチラとステラのほうを見ている。

彼女に一目惚れしたという話は本当らしい。

「ええと……とりあえず、お料理をお願いしようかしら」

シャイナさんが場の空気を立て直そうと、俺に話しかけてきた。

俺もとりあえず、王子とステラのことは頭の隅にどけ、店主としてふるまうことに。

「は、はい。ご注文はレイアス連邦王国の料理でしたね。今の季節だと、ベヒーモスの卵料理が有名ですね」

ベヒーモスは十階建てのビルほどもある巨大な陸亀で、毎年この時期に産卵する。

体の大きさに比して卵は小ぶりで、鶏卵より二回り大きいくらいだ。

一度に数万個も卵を産むので、この季節になると連邦王国の家庭には卵料理が並ぶ。

特徴として黄身が濃く栄養満点でもあり、卵を食べると一年間病気にかからないと言われるほど。

ただ、鮮度の問題があって、国外にはなかなか出回らない。

「ふむ、確かにこの季節は毎年ベヒーモスの卵料理を楽しんでいたが……ここで食べられるのかい？」

「任せておいてください。シャイナさんが連れてきたお客さんなんだ、心もお腹も満足して帰ってもらいますよ」

俺はそう言うと、立ち上がってノエルへ呼びかける。

「ノエル、手伝ってくれ。俺は倉庫に行って食材を持ってくる。その間にノエルはコンロの準備をしておいてほしい」

「はい、すぐに取り掛かります」

ノエルがキッチンに向かうのを見て、俺も倉庫へ行こうとする。

そのとき、ステラの隣を通ることに。

「……」

彼女は先ほどの衝撃から立ち直っていないのか、まだ動揺しているようだ。

「ステラ、悪いけれど今は接客に集中してほしい。話は後でしよう」

「エド……。ええ、分かったわ」

彼女は俺の名前を呼んで少し複雑そうな表情をしていたけれど、すぐ頭を振って切り替えたようだ。たとえショックなことがあっても、ウジウジ悩んでいては先に進めない。

旅の中でも、ステラは自分のメンタルをコントロールするのが上手で、俺も何度か励まされた。

だからこういうところは信頼しているんだけれど……。

「やっぱり、少し様子がおかしいな」

ステラはあのとおり美人だし、今までに男たちから告白されることは何度もあった。

ただ、いつも軽く受け流していただけに、ショックを受けているような反応は気になる。

とはいえ、俺まで悩むわけにはいかない。

今は料理に集中することにして、まずは食材を取りに向かうのだった。

「おおぉぉぉぉ!!　この濃厚な味わいはまさにベヒーモスのオムレツ！　まさか異国でこれを味わ

えるとはっ！」

数十分後、レオナルド王子は机に並べられたいくつもの卵料理を堪能していた。

代表的なオムレツはもちろん、煮卵にスープ、それに茶碗蒸しまで。

デザートにはプリンも用意してある。

「ああ、こんなベヒーモスの卵尽くしな食事ができるなんて、本当に幸せだよ」

レオナルド王子はすべての卵料理を存分に味わい、至福の表情をしていた。

デザートのプリンも平らげると、そこでようやく一息つく。

「はぁ、満腹だ……これで向こう一年元気に過ごせるよ。シェフ、本当にありがとう」

「いえいえ、こちらとしても、満足していただけたようでなによりです」

お客さんの満ち足りた表情を見るのは、料理人として最高の報酬だ。

特に王子は美味しそうに料理を食べてくれるので、俺としても理想的なお客さんだった。

「しかし、どうやってこれだけの卵を用意したんだ？　ただでさえ国外へ持ち出すのはリスクがあるというのに」

ちなみに、卵の持ち出しそのものは別に禁じられていない。連邦王国外でもベヒーモスが生息している場所はあるし、ベヒーモス自体が何か特別な資産になるという訳でもないのだ。

「実は連邦王国内に少し伝手《つて》がありまして、そこから特別な方法で運んでいるんです」

特別な方法とはもちろん召喚魔法のことなのだが、そこまでは口にしない。

「ふむ、街の食堂が輸送にそれほどのコストをかけるということもないだろうし。となると……いや、詮索するのはやめておこう。せっかく僕を満たしてくれた料理にケチをつけたくない」

「そう言ってもらえると助かります」

魔法の中でも、特に特殊で強力なものは、国家間の状況を左右することもある。

王子は高い身分にあるから、必然的に魔法のことを耳にする機会も多いだろう。

もしかしたら召喚魔法についても、うすうすは感づいていたかもしれない。

それでも彼のほうから黙ってくれたのだから、ここは良しとしよう。

その後も料理について少し話をして、シャイナさんとレオナルド王子は帰ることに。

確かに、この国の王女と隣国の王子が連れ立って、いつまでも留守にしていたらマズいだろう。

帰り際、レオナルド王子は振り返ってステラのほうを向いた。

「ステラさん、僕は貴女のことを本気で想っているんだ。けれど、残念なことに時間がない。明日また、寄らせてもらいます。そのときにぜひ、先ほどの返事をお聞きしたいですね」

「殿下、わたしは……」

ステラが迷うような表情で何か言おうとするけれど、彼は首を横に振る。

「明日、お返事だけお聞きします。それでは」

そう言うと、彼はシャイナさんと共に町の中へ消えていった。


その日の夜、俺はステラの寝室に向かおうとしていた。

レオナルド王子が帰ってから、店を開けて営業していたけれど、ステラはどこか上の空だった。

普段ならノーミスなのに、珍しく注文も間違えてしまっていたし。

ただ、声をかけようにもなかなかタイミングがなく、結局夜になってしまった。

今、彼女は自分の部屋に閉じこもっているようだ。

今日の内に、王子の問いにどう答えるかを聞いておかなければならない。

俺たちの今後を左右する答えになるだろうから。

しかし、ここで思わぬ邪魔が入った。

「……ふたりとも、そこをどいてくれ。俺はステラと話をしなくちゃならない」

俺の目の前にはノエルと、そしていつの間に来たのか、シャイナさんが立ちはだかっていたのだ。

道を開けてくれるように頼むが、彼女たちは首を横に振る。

「師匠に、今のステラさんと会う資格はないですよ！」

「なっ……なんでだ？」

「なんでだも何も、昼間あんなことがあったのに、師匠はその場で文句の一つも言わなかったそうじゃないですか！」

ノエルは少し怒ったようにそう言った。

彼女はあの場にはいなかったけれど、どうやらシャイナさんから事情を聞いたらしい。

「しかし、あの場で話をこじらせるのは……」

「それでもステラさんを庇うのが、男ってものじゃないんですか!?　私はまだ知り合ってそれほど時間が経っていませんが、おふたりが特別な関係だというのはわかります。師匠はポっと出の男にステラさんを奪い取られてもよいというんですか？」

「そんなことは思っていない！　しかし、あのときは状況が悪いだろう」

レオナルド王子は、シャイナさんの顔を立ててくれたのだろうけれど、庶民の俺にも丁寧に接してくれるほど人間が出来ている。

けれど、なんと言っても王子だ。

王国と連邦王国をつなぐ外交官という立場にもあるし、万が一騒ぎになれば双方不利益を被るだろう。

そうなれば、シャイナさんのメンツを潰すことにもなりえる。

俺やステラの正体がバレてしまう事態だって、あったかもしれない。

そんなことを説明していると、今度はシャイナさんが声をかけてきた。

彼女は、どうやら一度城に戻った後で、またこっちにやってきたらしい。

「今はそういう話をしていないわ。エド君は、ステラちゃんが他の男に取られて黙っていられるのかしら？」

「……それは……あいつが、それを強く望むなら仕方ないだろうな」

迷いながらもそう答えると、彼女の表情がキツくなる。

「エド君、それ本気で言っているの？」

その言葉に俺は思わず苦い表情になってしまう。

「……そんなわけないだろう」

ステラが他の男と深い仲になるなんて、想像もしたことがなかった。

それほど彼女の存在は俺にとって当たり前のものであり、同時にかけがえのないものだ。

「なら、どうしてあの場で割って入らなかったの。まさか、王子を相手に怯んだわけではないでしょうに」

シャイナさんの言葉で、俺は更に顔にしわを作る。

確かに王子は隣国の重鎮だし、王族にふさわしいオーラも持っていた。

けれど、旅の中ではそういった種類の人間と出会うこともたくさんあったし、ときには協力したり敵対したりした。今さら萎縮してしまって動けなくなるような相手ではない。しかし……。

「ステラにとって何が幸せなのか、すぐに答えが出せなかったんだ。確かに今の暮らしは俺にとっては楽だし。ステラだって、お互いに気心が知れているし遠慮しなくていいから、不満なんてないとは思うけど……」

ときには喧嘩だってするけれど、一緒に過ごしている内に自然と傷が塞がるように元通りになる。

俺たちは、もう恋人というより肉親に近い関係になっていた。

「ただ、曖昧で不安定な関係なのも確かだった。このままの関係でいるのか、あるいは互いにもっと深い関係を探していくのか、俺はステラと話し合わなくちゃいけない」

そう、改めて俺の考えを伝える。けれど、ふたりの態度は一向に軟化する様子がない。

「シャイナさん、どうしますか？」

「決まっているわ。この期に及んでこんな情けないことしか言えない男に、ステラちゃんは渡せないもの」

「なら、決まりですね」

ふたりはうなずき合うと、俺の手を掴んで近くにあったノエルの寝室に連れ込む。

そして、そのままベッドに押し倒されてしまった。

「お、おい！　今はそんなことに付き合っている時間は……」

「今だからこそですよ師匠。そんな弱気な考えのまま、彼女の元には行かせられません！」

「ええ、ステラちゃんに会いたいなら、わたくしたちを黙らせてから行きなさい！」

「いったい、どういうことだよ……」

突然の展開に困惑してしまうが、どうやら話し合いに応じてくれそうにない。

彼女たちは真剣な目で俺を見下ろしていた。

「……分かった、どうやら力尽くで認めてもらうしかないようだな」

俺は一度大きく息を吐くと、勢いをつけて体を起こした。

「きゃっ！　し、師匠！」

「逃げるのは駄目……あっ、くうぅぅっ！」

ふたりは俺が強引に逃げ出すと思ったのか、再びベッドへ押し倒そうとしてくる。

しかし、その力を利用して逆に彼女たちをベッドに転がした。

「そんなにしたいなら付き合ってやる。ただし、のんびりしていられないから容赦しないけどな」

俺は、まず崩しやすいと判断したノエルに手を伸ばす。

「師匠、駄目です、いきなりっ……あっ、んんっ！」

彼女の肩を抱き、少々強引に唇を奪う。その間にもう片方の手で全身を愛撫していった。

大きな胸はもちろん、太ももや背中といった感じやすい場所も重点的に。

舌を絡めながら体をやさしく撫でると、彼女の肉体がどんどん熱を持ち始めるのを感じる。

「あふっ、はぁっ……こんな、体が勝手にぃ……」

「まだ自分で快感を制御しきれないようだな。ノエルの体、こんなに簡単にいやらしくなってるぞ」

ノエルの目は早くもとろんとして、吐息は熱くなり始めている。

「は、恥ずかしいです……」

「自分から部屋に連れ込んでおいて、今さらそれを言うか？　まったく……」

少し呆れながらも、俺は片手をスカートの中に侵入させる。

太ももから撫で上げるように接近していくと、彼女の体がゾクゾクと震えた。

「あ、ああっ……ひうぅっ！」

そして、いよいよ秘部に触れた瞬間、全身がビクンと硬直する。

一瞬の後、今度は体から力が抜けていくように、ふにゃふにゃになっていった。

「ひぃ、はぁ、はぁっ……私、体が内側からどんどん熱くなって……！」

「緊張が解けて快感が巡り始めたな。このまま一気に気持ちよくしてやる」

ショーツの上から指を擦るように動かし、弱いところを刺激していく。

「あぁ、ひぃんっ！　はぁ、はぁぁっ！」

ノエルは立て続けに与えられる快感に耐えられず、体をガクガクと震わせていた。

俺に反撃することもできず、一方的な展開だ。

「ふふ、奥からどんどん蜜が溢れてくるな。もう指がトロトロだ」

俺が刺激するのに合わせて、膣内から愛液が次々にあふれてくる。

もうショーツは下着の用をなしておらず、秘部の形をいやらしく浮き上がらせていた。

「ノエル、今のお前のアソコ、信じられないくらい、いやらしくなってるぞ」

「はぁ、はぁっ……や、止めてくださいっ、見ないでぇ……」

「泣こうが喚こうが手加減はしないからな」

俺は片手でガッシリ彼女の体を捕まえ、さらに愛撫を激しくする。

「あぁぁっ!?　指っ、中にぃ！」

ショーツをかき分けて膣内まで進んだ指を動かし、今度は内部から快感を与えていく。

これまで十分な刺激を受けていたノエルの体は、すぐにそれを快楽へと変換していった。

「ひぃ、ひぃっ、んぐぅぅ！　だめですっ、こんなのすぐイっちゃいますからぁ！」

「ああ、見ていてやるからイってみせろ。ここも弄ってやる」

「なっ、待っ……うぐあっ!?　そこっ、あっ、あああぁぁああっ!!」

膣内へ挿入しているのとは別の指でクリトリスに触れた。

すっかり興奮していたそこは、わずかな刺激だけで体を絶頂まで押し上げてしまう。

「イキますっ、イクッ！　我慢できないですっ！　やぁっ、ひいいぃいぃいぃいっ!!」

俺の腕の中で、ノエルの体がビクビクっと大きく震えた。

顔を覗いてみれば気持ちよさそうな表情をしていて、俺も満足だ。

絶頂した彼女はそのまま脱力してしまうが、さてどうしようか。一晩は起き上がれないようにこのまま犯してやろうかなどと考えていると、背後から手が回された。

「うおっ!?」

「エド君、ノエルちゃんに夢中になって、わたくしのことを忘れていないかしら？」

シャイナさんが俺をノエルから引き離し、自分のほうへ向かせる。

そして、今度は彼女のほうから唇を押しつけてきた。

「んんっ、ちゅっ！　はふ、んく……れろっ、ちゅむっ！」

積極的なキスで俺を攻めようとしてくるシャイナさん。

片手を頭の後ろに回しながら、もう片手は股間へ動かしてきた。

なまめかしい手つきでズボン越しに撫でられ、甘い快感が走る。

「あむっ、はぁっ……もう硬くなっているわね。やっぱり、こういう状況でも本能は正直みたいだわ」

そう言ってほほ笑む彼女は妖艶で、一瞬見とれてしまう。

それでも俺は誘惑を振り切り、今度は逆にこっちから手を出した。

「あっ！　ひゃ、胸が……ん、くぅっ！」

一番目立つ爆乳を、正面から両手を使って愛撫する。

彼女も盛り上がっているのか、すぐに体が火照って息が熱くなってきた。

「いい調子ですね、もっと気持ちよくしてあげますよ」

俺は胸元の服をズラすと、今度は直に柔肉を揉みしだく。

「んきゅぅぅっ！　やっ、先っぽも！　そこは敏感だからっ……ひぃ、あふぅぅぅっ！」

「シャイナさんの胸は大きくても感度がいいですからね。分かりやすい弱点だ」

手のひらには興奮で硬くなった乳首が当たっていて、乳肉を揉みしだきながら手首をひねると、その刺激で全身が震える。

そんな愛撫を二ヶ所同時にされて、シャイナさんは急速に興奮を高めていった。

「はふっ、はっ……エド君もっ！」

けれど、そこは経験豊富な彼女らしく、やられてばかりでは終わらない。

若干手を震えさせながらもベルトを緩めて、肉棒をズボンから取り出した。

そのまま上下にしごき始め、こっちも興奮させようとしている。

「シャイナさん、すごいエロいですよ」

「エド君だって、もうこんなに大きくなってるわ。んんっ、はふっ……！」

俺たちは、そのまま互いを愛撫しながら興奮を高め合っていく。

しかし、いつまでも愛撫だけを続けているわけにもいかない。

「んぐっ……エド君、そろそろ我慢できなくなってきたでしょう？」

「それはシャイナさんのほうじゃないですか？　触れてないのに、もう汁がこぼれ出てる」

視線を下に向けると、足の間から下のシーツが濡れているのが見えた。

ショーツでは受け止め切れなかった愛液が太ももをつたい、滴っている。

「エド君も先っぽからエッチなお汁が漏れ出てるじゃない。お互い様でしょう？」

さすがにまだ余裕があるようで、挑発するようなことも言ってくる。

今は好きなだけ言わせておく。すぐに反撃してやろう。

「うぅ……し、師匠……」

どうやらノエルも絶頂の余韻から復活したらしい。

これでまた、一対二になってしまった。

さっきシャイナさんに邪魔されなければ、ひとりずつ相手できていたけれど、仕方ない。

「こうなったら、ふたり纏めて相手するしかなさそうだな」

俺はシャイナさんの体から手を離すと、ノエルを近くに引き寄せる。

そして、彼女たちを一緒にベッドへ押し倒した。

「あ、ちょっと……きゃっ！」

「あうっ！　し、師匠……」

ただ押し倒すのでは面白くないと思い、ふたりとも四つん這いにさせた。

一目で視線を引き寄せる胸もいいけれど、しっかりしたお尻も魅力的だ。

「ふたりとも、このまま犯してやるからな。動くなよ」

シャイナさんとの愛撫合戦で荒くなっていた息を整え、改めて向かい合う。

ふたりとも胸元ははだけているけれど、下半身はそのままだ。

俺は両手を伸ばし、スカートをめくり上げていく。

すると、それぞれの秘部を覆い隠すショーツが露《あらわ》になった。

「案の定、ふたりとも濡らしているなぁ」

思いっきりイかせたノエルはもちろん、シャイナさんのショーツにも濃い染みができていた。

太ももには愛液が垂れた跡もあって、いやらしさを助長させている。

「あぁ……見られてしまいましたね」

「ううっ、恥ずかしいです師匠」

体が似たような状況になっている一方、本人たちの反応は対照的だった。

どちらも羞恥に顔を赤くしているものの、シャイナさんはまだ余裕がありほほ笑んでいる。

ノエルのほうは、恥ずかしくて体が上手く動かせないようだ。

「ふたりともすごくエロいぞ。でも、まだまだもっとエロくなっていくからな」

内心で舌なめずりしながら、今度はショーツに手を伸ばした。

愛液を吸ってすっかり重くなったそれをずらし、引き抜いていく。

「はぁう……んっ、くぅ……」

脱ぐときに、敏感になっている秘部にショーツがこすれてしまったのか、ノエルが悩ましい声を上げる。

本人は無意識だろうけれど、これ以上なく男を誘うような淫らな声だ。

慣れているはずの俺でも、期待感を煽られて硬く勃起してしまう。

「手加減なんてしない。すぐにぶち込んでやるからな」

「ッ！」

「ふふっ♪」

あえて少し強めの言葉で言うと、ふたりも期待するようにこっちを見つめてきた。

「師匠……私、負けませんよ！」

「ふたりがかりだもの。さすがのエド君も手こずると思うわ」

「さて、どうかな。試してみましょうか」

俺は自分で肉棒を持ち上げると、それをシャイナさんのお尻に向かって突き出した。

「えっ、本当にいきなりっ……あぁぁぁぁっ!!」

濡れぼそった膣へ狙いを定め、一気に挿入していく。

「くっ、これはっ……！」

シャイナさんの膣内は、直前までの愛撫のおかげでドロドロだ。

中に収まりきらなかった愛液が溢れていたほどだから、その出どころである膣内がどうなっているかは想像できていた。

けれど、ここまでの濡れ具合だとは、はっきり言って予想外だ。

「ローションみたいに一瞬で覆ってきて、締めつけもなかなかっ……」

たっぷりの愛液は、侵入してきた肉棒の隅々までまとわりつく。

お蔭で挿入もスムーズになって、一息に最奥まで到達した。

「んあぁっ！　はぁっ！　こんなにすぐ、奥まで来るなんてっ！」

不意打ちされた形のシャイナさんは、快感に身を震わせていた。

彼女も想定外の刺激には対応できなかったらしい。

ヒクヒクと膣内を震わせ、また新たな愛液を生み出している。

「シャイナさんは本当にエロいですね。これで一刻の王女なんだから信じられませんよ」

「そ、そんなこと……あうっ！　はひ、はぁっ……！」

俺が大きなストロークで腰を動かすと、耐えきれずに嬌声を上げるシャイナさん。

どれだけ言いつくろっても、王女に相応しいとは言えない淫らな姿だった。

「でも、俺はそんなシャイナさんも好きですからね」

「ああ、エド君っ！　わたくしも……ひうっ！　はぁ、はぁ、んうぅぅっ！」

「どんどんスケベになっていいんですよ。いつでも犯してあげますから」

深くまで繋がったまま優しい言葉をかけると、シャイナさんはそれだけで幸せそうにビクビクと震える。

テクニックや経験はあっても、快楽に慣れた体は意外と堕ちやすい。

「ほらっ、隅々までかき回してあげますよっ！」

入り口から子宮口まで、念入りに肉棒でこすり上げていく。

「やっ、あううぅぅぅっ！　だめっ、そんなに激しくされたらっ……っひいぃぃぃぃ!!」

どんどんピストンが激しくなっていくにつれ、シャイナさんの体も発情していく。

「中の動きが、またいやらしくなってますよっ！」

犯されている体が、反射的に肉棒を締めつけ奉仕してきた。

互いに刺激し合って、快感が深くなっていく。

「はぁはぁ、ふぅっ……」

俺は目の前の豊満な肉体を犯しながらも、その隣にいる可愛らしいお尻にも目を引かれた。

「こっちも、相手をしてあげないとな」

「ひゃんっ！」

手を伸ばして撫でるように触れるとお尻がヒクっと震える。

「一度イってから、さらに感度が上がっていないか？」

「そっ、それは……」

「なに、入れてみればわかる」

シャイナさんの中から肉棒を引き抜くと、今度はノエルを犯しにかかる。

「し、師匠！　待ってください、もっとゆっくり……やっ、あひいいいいぃぃっ！」

ノエルの制止の言葉も無駄で、肉棒がズルズルと膣内に飲み込まれていく。

順調に最奥までたどり着くと、そこからさっそくピストンを始めた。

「ひい、ひぃっ！　ふぅ、あうぉっ……そんな、ところまでっ！」

「やっぱり気持ちよくなってるじゃないか。ギュウギュウ締めつけてくるぞ」

「それはっ、師匠が激しくするからですぅっ！」

ノエルは両手でシーツを握りしめながら、なんとか体を支えていた。

それでも、俺が腰を打ちつけるせいでわずかに前後に揺れてしまう。

その様子に征服欲が刺激されて、俺はまた腰の動きを強めていった。

「師匠のにっ、私の中が全部犯されちゃうっ！　入り口から奥まで、全部師匠のものにされちゃいますっ！」

「ふふ、それもいいな。師弟関係であるうちは、自慰も禁止にするか？」

「ひぃ、はふぅっ！　あうぅぅっ！　こっ、こんなの覚えさせられたらっ、自分じゃ満足できなくなっちゃいますよぉ！」

そう言いながらも、彼女は俺のものを求めるように膣内を動かす。

シャイナさんよりキツめの締めつけだけれど、それがまた気持ちいい。

「ほらっ、気持ちよかったらもっと声をあげてみろ！」

「んぐっ、はいっ……あひゅうっ！　はぁはぁっ、んっ、あぐうううぅぅっ‼」

グイっと腰を前に突き出すと、悶えるように嬌声を上げる。

その声は寝室中に響いて、隣で息を荒くしていたシャイナさんもビクッと背筋を震わせる。

「なんだ、シャイナさんもまた入れてほしいんですか？」

「わ、わたくしは……」

「そうならそう言えばいいのに、遠慮してたんですか？」

重ねて問いかけると、口の代わりに返事をするように秘部から濃い愛液が零れ落ちた。

「ッ!?」

「体は正直ですね。安心してください、一緒に犯してあげますよ」

幸いふたりのお尻が並んでいるんだ。やらない手はない。

俺から見て左にノエル、右にシャイナさん。

彼女たちを一緒に犯すべく、俺はまた腰を動かし始めた。

「ちょ、ちょっとエド君？　わたくしには構わずに……」

「大人しくしててください」

「ひゃうっ！　やぁ、お尻掴んじゃっ……あっ、はぎゅうううぅぅっ!!」

再びシャイナさんの中へ挿入し、間髪入れずに腰を振る。

そのまましばらく、ふわとろの感覚を楽しんだら、今度はまたキツいノエルの中へ。

贅沢すぎるハーレムプレイに脳みそが沸騰しそうなほど興奮していた。

「あひっ、ひぎぃ！　うそ、こんなっ！　ふたりがかりなのに……うあぁあっ！」

「し、師匠、待って……ひぎっ、あうううっ！　私壊れちゃうっ！」

同じように四つん這いにして並べたふたりを相手に、容赦なく腰を使う。

いくら相手がふたりだといっても、こっちは魔神相手に大立ち回りをしてきた元勇者だ。

最近はほとんど使わなかった魔力を全身に巡らせ、体力を増強しながら責め続ける。

魔法を使ったら駄目なんて、一言も言われていないからな。

やり過ぎてしまうからいつもは使わないけれど、今日は特別だ。

「どうです、シャイナさんはここが気持ちいいんでしょう？」

肉棒を動かしてお腹側の膣壁を擦るようにしながら刺激すると、途端に彼女の足がガクガクと震えた。

「ひゃううううっ！　それっ、そこだめぇ！　からだ熱くなって、蕩けちゃうわっ！」

「ドロドロになっても、気絶するまで可愛がってあげますよ！」

嗜虐的な笑みを浮かべながら、今度はノエルを犯しにかかる。

彼女もここ最近はすっかりセックスに慣れて、自分なりに楽しみ方を見出しているようだ。

けど、今日は容赦なくイかせてやる
「やっ、ひあぁっ！　もうだめっ、許してください師匠っ！」

「まだ大丈夫だろうノエル。足腰立たなくなるまでイキまくったら解放してやるよ」

ふたりのほうから仕掛けてきたんだから、俺が手心を加えてやる理由はない。

彼女たちの肉体を堪能しながら、限界まで責めていく。

「はぐっ、はあぁっ！　だめっ！　こんなにされたら、我慢できなくなってしまうのっ！」

「いいじゃないですか、このままイってくださいよ。はしたない声を上げながら！」

俺はシャイナさんのお尻を痕がつくほどギュッと握りしめながら、激しいピストンを加える。

「ひいぃぃぃっ!?　だめっ、それはだめえぇぇっ!!　ほんとにイクのっ！」

「ああ、もうちょっとだけ我慢してくださいよ。どうせなら、ふたり一緒にイかせてあげます」

俺はそう言いながら、ノエルの腰に腕を回す。

「うぐっ！　師匠、いきなり……あんっ！」

ふたりのお尻をぴったり並べると、その光景に圧倒される。

シャイナさんの肉付きは言わずもがなだけれど、ノエルも負けてはいない。

料理は基本立ち仕事だし、フライパンや鍋を振るうには腰の力が必要だ。

ステラとはまた違った感じだけれど、十分以上に引き締まっていて魅力的だった。

こうして二つのお尻を並べてセックスしていると、とても贅沢な気分になる。

もちろんふたりを同時に相手にするのは大変だけれど、今の感じまくっている彼女たちを追い込むだけなら、もう楽勝だ。

「寂しくならないように、交互に犯してやるからな！」

シャイナさんの中で十数回ピストンすると、肉棒を引き抜いてノエルの中へ。

そっちでも勢いよく腰を振って、シャイナさんに戻ってきてはまた同じようにピストンする。

ふたりの体の違いを味わいながら同時に犯すのは、この上なく幸福な時間だった。

「あぐっ、はうぅぅっ！　し、師匠っ！　私もう駄目ですっ！　イっちゃうっ……あぁぁぁっ!!」

しかし、こんな状態はそう長く続かない。

やがて限界が来たのか、ノエルが先に根を上げた。

「なんだ、もうイキそうなのか？」

「そ、そうですっ！　我慢できなくてっ！」

ノエルは俺のほうを振り返ってそう言う。

いつも真面目な彼女の顔は興奮で赤くなっていた。

それだけ気持ちよくなっていると思うと、俺も嬉しくなる。

思わず表情を緩めながら、また腰を動かしてステラの奥を突いた。

「ひゃぐっ、あぁんっ!? 待ってください師匠っ! 今されたらっ……あっ、くうううぅぅっ!!」

追い打ちで快感を与えられたノエルは、両手でシーツを鷲掴みにして、なんとか耐えようとしている。

「ノエルちゃん、こんなに……んっ、あぁ……わたくしもぉ……」

隣で乱れているノエルに影響されたのか、シャイナさんの興奮も高まっていった。

「凄いですねシャイナさん。中から、止めどなくエッチな汁が流れ出てますよ?」

「ううっ、恥ずかしいから見ないでちょうだい……でも、気持ちよくて止まらないの!」

「大丈夫ですよ、エッチなシャイナさんは好きですから」

いつもより数段色っぽくなっている彼女を見ながら、俺はさらに強く腰を動かした。

「あひゅうっ! はぁはぁ、んっ、くぅぅぅ!」

「はぁっ、そこは駄目よぉっ! ひぐっ、ひふぅぅっ!!」

腰を動かすたびにふたりの嬌声が聞こえてきて、俺も腰の奥から熱いものがせり上がってくるのを感じる。

「ふぅ、ふぅ……このまま出すぞ、イクと同時に奥に注ぎ込んでやるっ!」

そう声をかけると、両方の膣がビクビクっと震えた。

まるでこれから中出しされると知って、喜んでいるみたいだ。

「ふたりとも欲しがりだな……いいぞ、たっぷり出してやるから思いっきりイけっ!!」

両手でふたりのお尻を鷲掴みにし、そのまま強く腰を叩きつける。

肉棒が膣内を征服し、快楽を体の中枢まで沁み込ませていった。

「ああっ、ひっ、ぐううううぅぅっ！　イクッ、イキますっ！　ししょうっ、ししょぉっ……ひゃ、あああああぁぁああぁぁぁぁっ!!」

「ふぐっ、ふぅうぅぅっ！　わたくしもっ、一緒にぃ！　イクッ、イクッ、イキますうううううぅぅうううっ!!」

ふたりが同時に絶頂し、膣内も思いきり締めつけてきた。

その瞬間、俺も彼女たちの奥へ肉棒を埋め込み射精する。

「ぐぅぅっ……!!」

それまでため込まれていた興奮が一気に開放され、精液が吹き上がった。

「あひぃっ!?　ひゃぁっ、熱いのがぁ！　ドクドクって、流れ込んできますっ……!」

「んぐっ、はぁあっ……エド君の精液、こんなにいっぱい……」

ノエルは膣内を焼かれるような快感に全身を震わせてる。

その一方、シャイナさんは蕩けたような表情でベッドに突っ伏していた。

やがて絶頂の波が引くと、ふたりともベッドへ力なく横たわる。

「はぁ、ふぅっ……満足してもらえたみたいだな」

それを見届けた俺も、一息つくとベッドから腰を上げた。

俺の動く気配を感じたのか、シャイナさんが身をよじる。

「エド君、ステラちゃんのところへ行くのね？」

「ええ、もう止められる筋合いはないですよ」

「分かっているわ。でも、どうか彼女に親身になってあげて」

すがるような視線を向けられて、俺も頷く。

「ええ、俺だって出来る限りのことはしたい。どういう結果になるかはわかりませんが」

そう言うと、俺は寝室を後にした。

「……さて、俺はどうすべきなんだろうな」

俺自身がしたいことは、すでに決まっている。

けれど、それを彼女に受け入れてもらえるのかはわからない。

いくら長い付き合いでも、人間の感情だけは完璧に把握できないからだ。

ステラが今の俺との関係を心地いいと思っているのは確かだと思う。

けれど、そこから関係を進展させていく気があるのかはわからない。

「といっても、やってみるしかないか」

廊下を少し進むと、すぐにステラの部屋にたどりつく。

「ステラ、俺だ。中に入っていいか？」

ノックして声をかけてみるけれど、どうも応答がない。

仕方なくそのまま扉を開けて中に入る。

普段は勝手に入らないよう気をつけているけれど、今日は特別だ。

「ステラ……」

部屋に入るとすぐ彼女は見つかった。

目の前のベッドで毛布をかぶり丸くなっている。

「ステラ、勝手に入って悪い。でも、話をしたくて来たんだ」

ベッドの脇に立って声をかけると、丸まった毛布がうごめく。

そして、中から声がした。

「……ふたりとした後で、気にせずに、わたしのところへ来るのね」

どうやらステラは、さっきの3Pの声を聞いていたらしい。

防音の魔法が掛かっているとはいえ、ステラ自身も魔法を使える。

調べようと思えば、隣室の中で何が起こっているかくらいわかるだろう。

「あぁ……それはまあ。ふたりに、自分たちを黙らせてからでないと、ここには行かせられないって言われてな」

「ふぅん？　だからってエッチしちゃうんだ。もしかして、ふたりだけじゃ満足できなくなった？

エド、絶倫だもんね」

ああ、これは完全に拗ねているな。

聖女だなんだと言われているけれど、元は普通の町娘だ。

それが聖女の素質があると神殿に招かれ、魔法を治めて天使の力をその身に宿せるほどになった。

けれど、幼いころからずっと神殿にいた子や、淑女になるよう教育されていた貴族の娘とは違う。

普段は明るく素直なんだけれど、時折こうしてへそを曲げてしまうことがあった。

こういうときの対処法は、主に二つある。

一つは根気強く話しかけ、態度が軟化するのを待つ作戦だ。

ステラも分からず屋ではないので、こちらの誠意を感じて会話に応じてくれるようになる。

ただ、今は時間がない。

よって、もう一つの強引な方法をとることにした。

「そうだな、ふたりだけじゃ足りなくなった」

「……えっ？」

驚いたような声があがり、もぞもぞと動いていた毛布の塊が硬直した。

その間に、俺は遠慮せずベッドへ上がっていく。

「ちょっ、ちょっとエド!?　なにして……きゃっ！」

彼女が起き上がろうとするのに合わせて、体を覆っていた毛布をはぎとる。

すると、寝間着姿のステラが現れた。

「いきなり何するの！」

「悪かった。でも、ようやく顔が見られたな」

「ッ……」

俺がそう言うと、彼女は抵抗こそしなかったものの、ムスッとした表情で見つめてきた。

「一言謝りたいんだ、昼間のことについて」

「……なにをどう謝るのかしら？　別に、わたしは何も怒ってないけど」

「レオナルド王子がお前に求婚したとき、とっさに止められなかったことだよ」

「どうして、エドがそんなこと気にするのよ。確かに相棒だけど、わたしの親でもなんでもないでしょう？」

ステラは冷静に言っているつもりだろうけれど、体からイライラした雰囲気を発しているのは分かる。ここで変な受け答えをしてしまうと取り返しがつかなくなりそうだ。

だから、俺は後悔しないために自分の正直な気持ちを伝えることにする。

「ステラ、お前のことが好きだからだ。他の男に渡したくない」

「ッ!?　なっ……あ、ぅ……」

俺の告白に、彼女は一瞬目を見開いた。

そして、何か反応しようとして結局声を出せず、うめくような音を漏らしている。

表情も徐々に、困惑したものに変わっていった。

「本来はこんな状況で言い出すことじゃないのは分かってるけど、今言っておかないと間に合わないと思ったんだ。許してくれ」

そう謝罪して頭を下げる。

それから十秒ほどして顔を上げると、彼女は少し落ち着きを取り戻したようだった。

けれど、まだ混乱が続いているようで、つっかえながらも言葉を口にする。

「ど、どうしてわたしに……。他にも相手になるような女の子なら、ふたりもいるじゃない。もし勇者だって正体を明かせば、世界中の美女から相手を選び放題かもよ？」

「はぁ……おい、それは的外れにしてもほどがあるだろう」

今の言葉を本気で言ったのなら、ステラは俺が思っている以上に混乱しているということだ。

「これは、口で言うより行動で示したほうが早そうだな」

「エド？　何を……あうっ！」

俺はステラの腕を捕まえると、そのままベッドに押し倒した。

「ちょ、ちょっと！　なにするのよ！」

「どうもこうも、ステラに嫌というほど俺の気持ちを分からせようとしてるんだよ」

もう的外れな言葉が出せないほど、骨の髄まで理解させてやる。

多少の抵抗はあったけれど、状態的にはこっちが有利だ。

最終的には彼女へ覆いかぶさるような体勢になる。

ステラは完全に抑え込まれたことを理解すると抵抗をやめた。

その代わり、少し強い視線で俺を見つめてくる。

「本当にするの？　ふたりを抱いてきた後なのに、普通は幻滅だよ？」

「そのマイナス分をプラスにするくらいは頑張るさ」

そう言って俺は彼女の唇を奪った。

「あっ、んくっ！　ちゅ、んんっ……！」

呼吸する隙間も残さないように唇を押しつけ、舌を絡め合う。

最初はステラも驚いていたけれど、すぐ対応してきた。

このあたりは長年一緒にいた経験がものをいう。慣れてくると、向こうもこっちに合わせて舌を動かしてきた。

「ステラ……」

「エド、今日はちょっと乱暴じゃない？」

「それだけお前のことを独占したいと思ってるんだよ」

そう言うと、息継ぎの終わった唇を再び奪う。

「んく、はぁっ！　ちゅむ、れろっ……んぐっ！」

激しく舌を絡め合いながら、俺は彼女の寝間着へ手を伸ばした。

手際よくボタンをはずし、スルスルと脱がせていく。

「あぅ、やっ……ん、はぁっ！　んぐぅっ！」

もちろんそれだけではなく、下着にも手を伸ばしていく。

ステラは反射的に抵抗したものの、上手く押さえ込みに成功した。

後はもう慣れたもので、片手でも楽々脱がせていく。

「やっ、服が……あっ！」

一仕事終わって、少し疲れた手を胸に動かす。

ステラの巨乳をやわやわと愛撫すると、その感触で手の筋肉が解れていくようだった。

「だめ、胸は……んん、はぁっ……やんっ！」

「こんなにエロい巨乳を前にして、触らないって選択肢はなしだろう」

そう言いながらも俺は手を動かし続ける。

指の動きに合わせて柔肉がゆがみ、心地よい感触が俺を興奮させた。

「んんっ、シャイナさんのほうが、大きいのにっ」

「これが一番安心するんだよ。それに、興奮も」

そう言うと、俺は少し体を動かしてもう片方の乳房に吸いつく。

「ひゃうっ！　やっ、今度は舌で……あぁ、ん、はうっ！」

乳房の舌のほうから、丸みに沿うように舌を動かして舐める。

毛布にくるまっていたからか、少し汗っぽい味もした。

「やっ、そんなに舐めないで！　は、恥ずかしいから……んっ、はうっ！」

熱心に愛撫している俺を、顔を赤く染めて見つめてくるステラ。

どうやら、もう興奮し始めているらしい。

俺はそんな彼女をもっと乱れさせたくなり、手と舌の動きを強める。

「そう簡単に止められる訳がないだろ。俺だってもう夢中になってるんだ……んぐっ！」

「ひっ、あっ……きゅふっ！　そこはっ……あぁぁぁっ！」

それまで放置していた乳首に触れ、優しく刺激し始めた。

ディープキスと愛撫で興奮の高まっていたステラの体は、新しい刺激をすぐに受け入れる。

「はうっ、はぁっ、ひぃぃっ！　駄目っ、気持ちよくなっちゃうからっ！　駄目っ……あぁぁっ！」

「どんどん気持ちよくなっていいぞ。エロいステラを見せてくれ！」

人差し指と親指で乳首を挟み込み、クリクリと刺激する。

その隣では舌がもう片方の乳首を唾液まみれにしながら可愛がっていた。

「ひうっ、あっ、くっ……！　駄目だったら……んぐっ！」

「でも、だいぶ気持ちよくなってきただろう？　乳首だってこんなに」

さっきまで可愛らしいサイズだった乳首は、刺激を受けたことで硬くなっていた。

息も荒くなって、興奮しているのが分かる。

俺はそんな彼女を見下ろし、ゆっくり話しかける。

「ステラ、俺は告白していいか迷っていたんだ」

「はぁ、はぁっ……ま、迷って？」

「ああ、お互いのためにどうしたほうが良いのかってな」

もう何年も続けている相棒という関係はとても心地いい。

友情よりさらに深く、相手のことを家族のように思って接してきた。

けれど、今回のことでいつまでもその関係を続けていられないと理解したんだ。

「そうだよな、ステラみたいないい女を、見る目のある男たちが放っておくわけがないもんな」

今までも食堂で彼女にちょっかいをかけてきた相手はいるけれど、大抵は酔っ払いか適当なナンパだった。

だから俺も軽く対応していたけれど、今回の王子の求婚は本気だ。

俺が食堂の店主としてやんわり反対したくらいじゃ、止められない。

それを肌で理解して、心の奥にしまい込んであった気持ちに火が灯った。

「ステラ、俺のものになれ！」

目を見つめてそう言うと、彼女の顔がカッと赤くなった。

「エド……わ、わたし……えっ、きゃあっ！」

「嫌だなんて言わせないからな。余計なこと言えないようにしてやるっ！」

俺は彼女の両足の膝を掴み、大きく開かせる。

M字開脚することになったステラは、自分の恰好を理解すると悲鳴を上げた。

「ちょっ、何してるのよ！　こんなかっこ……あぁっ!?　待って、指がっ……んくぅうぅぅっ！」

大きく広げられた秘部に指を這わせ、濡れ具合を確かめる。

すると、刺激を受けた割れ目から、とめどなく愛液があふれ出してきた。

どうやらすでに膣内はかなり濡れているらしい。

「おお、すごいトロトロだな。そんなに乳首が気持ちよかったか？」

「ぐぅぅっ……ば、馬鹿っ、スケべっ、変態っ!!」

手を上げて愛液まみれになった指を見せてやると、彼女は俺を睨みつけて怒る。

けれど、今の俺にとってはそんな反応でも嬉しい。

「変態で結構。まあ、そんな変態に犯されて喜んでるステラも変態だけどな」

そう言うと、俺はズボンに手をかけて肉棒を取り出した。

「うっ……い、いつもより硬くなってる？」

「当たり前だろ、今日は本気だからな」

完全に勃起したそれを秘部に押し当てると、ステラの腰がゾクゾクと震えた。

「ステラ、入れるぞ」

「ま、待って！　そんなの、一気に入るわけ……」

「こんなに濡れてるんだから、問題ない。それに、今まで何度受け入れていると思ってるんだ？」

俺は笑みを浮かべると、彼女の腰を両手でガッシリ掴む。

「うっ!?　これ、逃げられなっ……」

次の瞬間、一気に腰を前に突き出す。

「あっぐうぅぅぅぅっ!!　ひっ、あああぁぁっ、くるうううっ!!」

愛撫でたっぷり濡れた膣内へ、肉棒が一気に潜り込んだ。

抵抗はほとんどなく、やはり全体が濡れているから動きやすい。

舌や胸に受けた快感がこっちにまで回っていて、それなりに解れているようだ。

「ステラの中、すごく熱いぞ。気持ちいい」

「ううっ、はぁっ！　本気で一気にくるなんてっ……やぅ、ひんっ！　動くの駄目っ！」

さっそくピストンを始めると、ステラの口から悩ましい声が出てくるのが聞こえる。

俺はそれを悦びつつ、さらに腰を激しく動かした。

「んぐっ、ひゃっ、はふぅぅっ！　だめっ、気持ちよくなっちゃうっ……くぅぅっ！」

肉棒全体を使ってステラの膣内を犯していく。

肉ヒダをかき分け、最奥を突き、どんどん快楽を送り込む。

その度にステラが乱れていって、それがまた俺を興奮させた。

「だめっ、だめっ……あうっ、ん、はぁあぁっ！」

片手でいやらくなった乳首を隠し、もう片手でシーツを鷲掴みにして快感に耐えようとしていた。

そんな健気な姿もまた可愛らしくて、エロい。

「いいぞ、すごくエロいよステラ」

「こんなの恥ずかしい、のにっ……あっ、んんっ！　体がどんどん、気持ちよくされちゃうっ……」

「俺はそれが嬉しいよ。ステラの体はちゃんと俺との日々を覚えてくれてるってことだからな」

「はぁ、はぁ、ふぅぅっ……そう、なのかな……わたしが気持ちよくなると、嬉しい？」

「ああ、もちろんだ」

俺が一旦腰を止めて頷くと、彼女はほっと一息ついて苦笑いした。

そして、呼吸を落ち着けると口を開く。

「ふふ、そっか……わたしも嬉しいかも」

そう言うと、彼女は両手を俺の頬に当てる。

「ねぇ、エドはわたしがどうすると思ったの？　目の前で相棒が王子に求婚されて、どんなことを考えてたのかしら？」

「どうって……」

少し迷ったものの、よく思い出して答える。

「突然のことで、ほとんど終始呆然としてた。でも、少し怒ってたと思う」

そうだ、決して表には出さなかったけれど、心の底では怒りの感情があった。

大切な相棒へ、出会い頭にいきなり求婚した王子に対して。

そして、困惑しつつもその場では提案を断ることがなかったステラに。

もちろん、隣国の王族を相手に下手な返事はできないと考えるのは分かる。

色々な場所を巡って数々のトラブルに見舞われた身からしても、妥当な判断だ。

それでも俺は、ステラに、はっきりと言ってほしかったのかもしれない。

自分では何も言えなかったくせに、俺はそう願っていたのだろう。

「今考えてみても、わがままな気持ちだな。でも、それが偽りのない本心だ」

「そっか、エドはわたしに断ってほしかったのね」

ステラは静かにつぶやくと、俺の顔から手を離す。

「わたしもね、求婚されたときはすごく驚いて何も答えられなかったわ」

「そうなのか」

「うん。王子は悪い人じゃなさそうだし、本気で言ってくれているのも分かったよ。わたしのことを妻にしたいんだって。そこは好感が持てたかな」

「ッ……」

その言葉に思わず彼女の腰を掴む腕に力は入りそうになり、慌ててベッドに手をつく。

「そんなに焦らないでよ。確かに悪くはないけど、わたし達はわざわざ地位や名声を蹴って身を隠してるんだよ？　今さら表舞台に行きたいとは思わないし、わたしにとってはここでの暮らしのほうがはるかに大事だもの」

それを聞いて俺は少し安心したものの、彼女はまだ言葉を続ける。

「でも……王子よりもっといい男が現れたら、さすがに無視できないかもよ？」

「なっ!?　お、お前……」

ステラは笑みを浮かべて、俺を試すかのような言葉を使った。

「……そうか、それがお望みならしっかり躾けてやるよ」

ベッドについていた手を動かして、再び彼女の腰を掴む。

「ステラッ！　もう俺だけを見ていてくれよ、他の男に目移りしているところなんて見たくないからな！」

「ふ、あははっ……分かったわ。でも、わたしを夢中にさせてくれるのよね？」

彼女は一瞬嬉しそうな表情を見せた後、挑発するように俺の心を煽ってくる。

「もちろん、お前が満足するまでやってやるさ！」

俺は再び肉棒を奥まで突き入れ、激しくピストンさせる。

「あうっ！　ひぁっ、ああっ！　これっ、すごっ……きゃふっ、ひぃぃぃぃぃぃっ!!」

興奮で敏感になっている部分を刺激され、止めようがない嬌声が漏れ出た。

顔だけでなく、全身が興奮で上気していく。

「だめっ、こんなの無理よっ！　お腹の中から、全部気持ちよくされちゃってるのっ！」

「ああ、もうステラの体で感じてない部分なんてないくらいにしてやるっ！」

「ひゃっ、あううぅぅっ！　はひっ、はへっ、ふううぅぅ……んあぁっ！」

その声に俺はますます興奮し、腰を動かしていく。

激しいピストンと共に、押さえつけるものがなくなった巨乳も動いていた。

固く勃起したままの乳首を晒して、いやらしく揺れる姿は思わず手を伸ばしたくなるほど。

ただ、今はこの体にとことん快感を味わわせてやらないといけない。

頭のてっぺんから足の指先まで、快楽信号が行きわたるように犯してやる。

俺はそう考えながら、彼女を限界まで犯してぬいてった。

「ん、くはっ！　エド、最後は中にたくさんちょうだいね？　わたし、全部受け止めるから！」

「ああ、子宮から溢れるくらいに注いでやる！」

ステラは淫らで愛らしい表情を浮かべ、俺の腰に足を巻きつける。

その想いに応えるように、俺は興奮を限界まで高めていった。

「うっ、はぁっ、あぐううぅっ！　エド、イクッ、イっちゃううっ！」

「俺も出すぞっ！　ステラッ！」

最後に大きくなストロークで腰を打ちつけ、肉棒を最奥まで押しつける。

そして、そのままステラの子宮に精液を注ぎ込んだ。

「あううぅぅうっ！　きてるっ、熱いのっ……イクッ、イクッ！　ひぐっ、ひゃあああぁぁあぁぁあっ!!」

腰に巻き付いた足に力がこもり、ステラの全身が硬直した。

直後、ゾクゾクと体を震わせながら絶頂する。

背筋は反り、頭をベッドへ押しつけ、全身で快楽を享受していた。

「イクッ、イクゥウゥウッ！　だめっ、まだイってるっ！　ああっ、ひいぃぃぃぃぃんっ!!」

舌が見えてしまうくらいだらしなく口を開け、目尻に涙を浮かべながら絶頂するステラ。

そんな彼女の胎の中へ自分の精液が流れ込んでいくのを感じて、俺の征服欲が満たされていくのだった。

それから数分後、ようやく絶頂の余韻が引くと俺たちは改めて向かい合う。

「はぁ、ふぅっ、んぐっ！　はぁぁ……エド、激しすぎだよ……」

「ステラが煽るからだろう」

彼女は脱力した様子で横になり、手足をベッドに投げ出している。

肉棒が引き抜かれた秘部からは、わずかに収まりきらなかった精液が垂れていた。

「んっ……でも、これで明日の返事は決まっちゃったわ」

そう言いながら、自分の下腹をなでる。

その奥にある子宮には、俺の子種がたっぷり詰まっているはずだ。

「あの王子のことだから馬鹿な真似はしないと思うけど、いざというときには守ってね？」

「ああ、もちろんだ。今度は情けない姿は見せない」

俺はそう言ってベッドに横になると、隣へステラがやってきて腕を抱く。

そのまましばらくすると、ステラの寝息が聞こえてきた。

「……さて、説明するときに俺たちのことをどう話したものかな。王子が上手く納得してくれればいいが」

俺はそんなことを考えながら、目をつむって眠りに落ちるのだった。

＊　＊

翌日、レオナルド王子は約束どおり返答を聞きに来た。

しかも、今度はお忍びではなく王子としての正体をさらしてだ。

豪華な四頭立ての馬車に乗り、護衛の騎兵を引き連れてのご登場。

まだ朝早い時間にも拘わらず、食堂のある通りは騒然としている。

「殿下、ようこそいらっしゃいました」

店の外に出迎える俺たちの前で、レオナルド王子が馬車から降りてくる。

「昨日ぶりだな、店主。朝から騒がせてすまない。しかし、花嫁を迎えるためにはそれ相応の立場

ステラは彼の輝くような笑みに若干気おされながらも、なんとか前に進み出る。

「王子殿下……」

「おお！　やはり美しい……ステラさん、貴女と一晩お会いできなかっただけでも胸が張り裂けそうな思いでした！」

ステラの姿が見えた途端、王子は立ち上がって目を輝かせた。

俺は部屋の扉を開けると、外で待機していた彼女を招き入れる。

「そうですか、かしこまりました」

「いや、結構。それよりステラさんの返事が聞きたい」

「何かお飲みになりますか？」

部屋に着くと、真ん中に置いてあるソファーへ案内する。

今回は食堂ではなく、奥にある事務所兼応接室を使うことに。

俺は彼を連れて店の中へ入っていく。

「ああ、悪いね。お邪魔するよ」

「さあ、ここでは落ち着いて話もできないでしょう。奥へどうぞ」

見物している町娘たちも、彼がほほ笑む度に黄色い声を上げている。

文句を付けようがない好青年という感じだ。

王子という立場に戻ったためか若干口調は変化しているものの、爽やかな雰囲気はそのまま。

で向かわねばならないからね」

「わざわざご足労いただいて申し訳ありません」

「ああ、気にしないでください。馬車の移動中もワクワクしていて、胸が躍りっぱなしでしたよ」

そう言う王子の顔に悲壮感はない。

自分の求婚が断られるとはないと思っているんだろう。

だからこそ、これからの反応が少し怖い。

昨日とは違って王子としての訪問だから、部屋の中には武装した護衛も入ってきている。

万が一王子が激高したら、目も当てられない事態になるだろう。

「それで、ステラさん。昨日の返事を聞かせてもらえますか？」

「……はい」

彼女は一つ頷くと、決意に満ちた表情で王子を見つめる。

この段階で彼は違和感を覚えたのか、少し首を傾げた。

そして、王子が違和感の正体に気付く前にステラが口を開く。

「お断りさせていただきます」

「……な、何故です!?」

求婚を断るという言葉を、彼は一瞬理解できなかったようだ。

数秒後、正気に戻ると困惑した様子でステラへ問いかけた。

「わたしにはすでに大事にしている人がいるんです。彼と離れることはできません」

「それは……」

王子が振り返って、即座に俺のほうを見つめた。

その視線には驚愕と、わずかに嫉妬が混じっている。

「店主が、ステラさんの相手だと？」

「はい、その通りです。昨日は突然のことに説明できず、申し訳ございませんでした！」

「殿下、俺からも謝罪させていただきます。申し訳ございません！」

ステラと俺は合わせて深く頭を下げ、王子に詫びる。

元はと言えば俺の優柔不断がいけないのだから、本当に申し訳ない。

ただ、問題はここからだ。

予想外の返答をぶつけられて、王子がどう出るか。

ステラを諦められずに強引に連れて帰るなんて言われたら、俺も抵抗せざるを得ない。

最悪、この王都を出ていく覚悟もしていた。

俺とステラが力を合わせれば、護衛を突破することくらいはたやすい。

といっても、シャイナさんやノエルにも迷惑をかけるし、あまりやりたくはないが……。

だが、レオナルド王子は声を荒げることなく大きく息を吸って吐いた。

「ふぅぅ……なるほど、そうか……」

彼はひとりでつぶやくと、再びソファーに腰かける。

「まさか、ステラさんにすでに相手がいたとは」

「……怒らないんですか？」

彼女が恐る恐る問いかけると、王子が苦笑いする。

「我が家では略奪婚が禁じられていてね。百年ほど前にそれが原因で国が滅びかけて以来、一族揃って色恋沙汰には慎重になってしまったんだ。しかし、これで告白が二連敗か……ははは、国に帰ったら父に笑われるかもしれないな」

そう言いつつ、王子はテーブルの上に置かれていたグラスに、自分で水を注いで飲む。

「んぐ、はぁ……ここのものは水まで美味しいな。本当に不思議な店だ。一目惚れした相手にすでにいい男がいたというのも、あながち偶然ではないかもしれない。まるで、幽霊に肩を叩かれたような気分だよ」

彼は少し悔しそうに手を握りしめつつも、どこか納得したような顔をしていた。

「ステラさんのことは縁がなかったと思ってあきらめよう。八つ当たりで食堂に不利益なことをしないとも約束する。シャイナ殿下お気に入りの店のようだし」

「ありがとうございます」

「礼を言われることではないよ店主。ああ、ただ、一つお願いを思いついたんだ。できれば、聞いてもらえるかな？」

「お願い、でしょうか？」

想像できずに首をかしげる俺に対し、レオナルド王子は楽しそうにお願いの内容を口にするのだった

第四章　力を合わせてパーティーに挑め

「ふぅむ、困ったな……」

レオナルド王子が再度訪れた日の夜。

俺をはじめ、食堂の関係者は事務所に集まっていた。

「王宮で開かれるパーティーで、レイアス連邦王国側の料理人として料理をふるまってほしい……ふふ、大変な依頼ね」

「おいおい、笑い事じゃないぞ」

クスクスと笑みを浮かべるステラに対し、俺は頭を抱えながらそう言う。

王子の依頼は単純だった。

どうやら、今度開かれるパーティーではバーミンガム王国とレイアス連邦王国、双方の料理人が腕を振るって料理をふるまう予定だったらしい。

しかし、連邦王国側の料理人が病気になってしまって仕事ができない。

そこで目を付けたのが、俺たちだという。

確かに、俺は連邦王国の郷土料理も作れるが専門じゃないぞ。

「レオナルド王子も納得するほどの料理を出せたってことじゃない！」

「まあ、それは嬉しいんだけどな」

数々の旨い料理を口にしただろう王子から認められたというのは、一料理人として嬉しい。

ただ、単純に喜べない問題もあるんだ。

「王宮でのパーティーということは、貴族や王族も出席するだろう？　俺たちの顔を知っている相手も絶対にいるぞ」

「あっ！　あぁぁ……そういえばそうだね」

ステラもようやく合点がいったとばかりに手を叩き、難しい顔になる。

「とはいえ、王子の依頼も断りづらいしなぁ……」

王族のような高い地位にある人間は、良くも悪くもプライドが高い。

それは世界各国を旅して、ときには国の重要人物と関わることもあったから知っている。

今回、事を穏便にすませてくれた王子に俺たちは心の底から感謝していた。

なので、なんとか恩返しをしたいんだ。

「しかし、エドがそのまま料理人として出ていくわけにはいかないわよね。どうするの？」

「ううん、困ったな……」

問題はそこだけなのだ。

料理の味には自信があるし、貴族向けにお皿や盛り付け方を工夫すればいい。

キラキラした食器を使ったり、付け合わせをカラフルにしたり。

見栄えが良くなれば、高貴な方々も抵抗なく口に運んでくれるだろう。

「ふぅむ……ん？」

そのとき、ふとステラの隣に腰かけているノエルが目に入った。

彼女はこの話が始まってからずっと黙っている。

「ノエル、どうかしたのか？　ずいぶん静かだが」

「あ、いえ！　お話の邪魔をしてはいけないと思いまして」

「いや、全然かまわないよ。むしろ、アイデアがあったら何でもいいから教えてほしいくらいだ」

そう言うと、彼女は一つ提案をしてきた。

「代理で料理人を立てるというのはどうでしょうか？　その人に表に立ってもらって、実際に料理を作るのは師匠や私たちということで」

「なるほど。確かに、それなら大丈夫そうだ」

普通の料理人ならそんなこと、我慢できないというだろう。

けれど、こっちは名誉なんてどうでもいい。王子の顔を汚さず、俺たちの正体もバレなければ最上だ。どうせ、パーティーに出席するような貴族は、商業区画の端っこにあるこんな食堂までやってこないだろうし。

シャイナさんやレオナルド王子など、真実を知る人々に口止めをしておけば大丈夫だ。

「ただ、それには問題が一つあるな」

「なんでしょうか？」

「料理人として表に立つということは、当然、料理についての質問がぶつけられる」

「はい」

「必然的にウチの料理について詳しくなければいけないが、俺は信用のおけない人間をキッチンに入れるつもりはない」

ただでさえ、普通は入手できないような食材を魔法を使って仕入れているんだ。

さらに料理にまで魔法を使っていると知られたら、話題になるには十分。

情報を漏らさないためにも、真実を知っている人間は出来るだけ少ないほうが良い。

「そこでだ。うちの料理をよく知っていて、貴族に面が割れていない人間がひとりいるじゃないか」

「えっ……も、もしかして……」

「そう、ノエルだよ。お前がランダル食堂の代表として、王宮で料理をふるまうんだ」

「えええええぇぇっ!?」

俺の言葉に、いつもは冷静で真面目な彼女も驚愕の声を上げた。

「そ、そんなっ、私がランダル食堂の代表だなんて！　師匠、そんなの無理です！」

「無理なもんか。ノエルは料理も上手いし、最近はうちの食材の使い方も覚えてきてる。現状でお前以外に最適な人間はいないぞ」

事実、彼女はここで働き始めてからメキメキと料理の腕を上げていた。

食堂のキッチンでの流儀にも慣れて、魔法での調理も受け入れている。

彼女自身は魔法を使えないが、学べば使えるようになる可能性はあった。

その辺りについては、時間も手間もかかるので後回しだけれど。

同じ屋根の下で暮らしている内に信頼関係も育まれたし、今では完全に店の一員になっている。

現状でランダル食堂の看板を任せられるのはノエルしかいない。

「わ、私が……ランダル食堂のシェフとして……」

「どうだ？　もちろん、自信がなければ他の方法を探すが……」

ノエルは真剣に悩んでいるようだ。

膝の上で両手を握りしめ、目の前のテーブルを見つめている。

そして一分ほど経った後、彼女が顔を上げた。

「師匠、私がんばります。どうかやらせてください！」

どうやら提案を受けることにしたようだ。その力強い視線を受けて、俺も満足して頷く。

「よし！　俺たちも精いっぱいサポートするぞ」

「こうなったら、さっそく準備を始めないといけないわね」

ノエルの隣で話を聞いていたステラも頷く。

「よし、そうなれば善は急げだ。さっそく王宮のシャイナさんとレオナルド王子に連絡を取ろう。パーティーの詳細について教えてもらわないと」

こうして、ランダル食堂開店以来の大舞台が始まるのだった。


翌日、俺はノエルと一緒にキッチンでパーティーに出す料理について考えていた。

「今回のパーティーの主催はシャイナさんだ。名目は連邦王国との協商関係六十周年記念だったかな？」

とにかく、両国の関係が末永く続くようにというお祝いだ。

パーティーには王国と連邦王国の特産品がずらりと並ぶらしい。

両国の料理を比べるのはその一環だ。

「開催は二週間後。パーティーは立食形式で行われる」

「となると、基本は大皿に料理を作って切り分けてもらう感じですね」

「ああ、そうなるな」

シャイナさんから伝えられた情報は以上だった。

もう少しすればより詳しい予定が送られてくるらしいけれど、まずはこれでいいだろう。

「師匠、ベヒーモスの卵は使えるでしょうか？」

「うぅん、どうだろうな。季節的にはギリギリだと思うぞ」

確かに卵料理は連邦王国を象徴するものの一つだ。

ノエルが使いたいというのも分かる。

「少し手間がかかるだろうけれど、卵を保存できないか試してみよう」

魔法を使えば、卵の消費期限を遅らせられるかもしれない。

「ただ、パーティーまで持たせられるのは繁殖期の終わりに産まれた卵だ。初期のものより味は落ちる」

元気なベヒーモスはさっさと卵を産んでしまうからな。産卵が遅れる個体は体調不良や栄養不足の場合も多い。そうなると、自然と卵本体の味も落ちてしまう。

「そのあたりは考えます。参加者の皆さんに、これ以上ないほど美味しいものを食べていただきたいので！」

そう言うノエルはやる気に満ち溢れていた。ぐっと拳を握り、瞳の奥で闘志を燃やしている。

「張り切るのはいいけれど、空回りには気を付けろ。料理は油断大敵だぞ」

「はい、師匠！」

それからも俺はノエルとふたり、パーティーに出す料理を考え続ける。

「連邦王国ではベヒーモスの卵以外でも、独自の品種である大王豚がありますよね」

「ああ、あれか」

大王豚とは、食用に品種改良された連邦王国独自の豚だ。見た目も、元の世界の豚に近い。頭部に、王冠のような金色の毛が生えているのが特徴だった。

食欲旺盛で肉付きもよく、肉の内側にたっぷり旨味を閉じ込めている。

ただ、少し肉質が硬いのが難点で、調理には工夫が必要だ。

「確かに、あれを上手く調理してこそ一流の料理人を名乗れるだろうな」

「はい！　ぜひ挑戦させてください！」

「分かった、手配しておこう。明日には使えると思うぞ」

「ありがとうございます」

彼女は礼を言って頭を下げると、感慨深い表情になる。

「本当に、実家にいたときでは、食材がこんなにすぐ手に入ることがあるなんて夢にも思いませんでした」

「まあ、魔法を使って、伝手のある現地の商人から直接仕入れているからな。もちろん秘密だぞ？」

ともあれ、これでメインの食材は決まったようなものだ。

大王豚を上手く調理してテーブルに上げれば、俺たちを呼んだレオナルド王子の株も上がるだろう。問題が起こるとすれば、王国側の料理人だった。

「順当にいけば王宮の料理人が出てくるはずだが、はてさて……どうなるかな？」

そして、俺のこの懸念は翌日に現実のものとなる。

シャイナさんから送られてきた情報の中に、衝撃の一文があった。

『パーティーで王国側の代表料理人は、レストラン「フェアリーパレス」のオーナーシェフ、ベルナード・ギルベルトが務める』

俺たちの対戦相手ともいうべき相手は、なんとノエルの父親だったと報告にあった。

「……これは参ったな」

受け取った手紙を事務所で呼んでいた俺は、思わず頭を抱えそうになった。

「ノエルのお父さんが相手だと？　ああくそ、なんてこった！」

これはマズいぞ。彼女が知ったらどんな反応をするか……。

対決の機会が訪れたと喜ぶ？

それとも、長年自分の前に立ちはだかっていた壁が現れて怯える？

なんにしても、ノエルの精神が不安定になれば全力を発揮できない。

ただでさえ大王豚の調理には神経を使うのだ。

もし冷静を欠くようならば、当日はキッチンに入れないようにしなければならない。

しかしタイミングが悪いことに、事務所の扉が開いてノエルが入ってきた。

「師匠！　卵料理ですが、いくつか試作してきました！　ぜひ試食をお願いします」

「あ、ああ。分かった。ふむ、サンドイッチか」

俺は手紙をこっそり脇に退け、手を拭くと机に置かれた皿からサンドイッチを一つ手に取る。

「卵サラダを挟んであるんだな」

「はい。卵だけですと味が単調なので、一緒にフレッシュな野菜を挟んだものも出そうかと」

「いい考えだな。立食形式だとこういうのは食べやすい。形を整えやすいから、見栄えもよくできる」

素材の良さを味わってもらうという点では、大正解だろう。

パンチが足りない部分は、豚肉料理で補えばいい。

「パンを焼いてホットサンドにすることも考えたのですが……」

「いや、こっちのほうがいいと思う。綺麗に食べられるからね」

「了解しました。あとは、スープなのですがこちらも……」

それからも俺とノエルは料理について相談を続ける。

「では、私はこれで失礼します……あれ？」

「あっ、それは！」

話がひと段落して彼女が部屋を出ていこうとしたところで、机から何かが落ちる。

運が悪いことに、それは端に退けていたシャイナさんからの手紙だった。

手に取るだけなら問題なかったが、彼女は中身を見てしまったらしい。

「ッ!?　こ、これはっ……！」

ノエルの全身が震え、目線が鋭くなる。

手紙を持つ手に力が入って、紙がクシャっとシワになった。

「父が、王国側の料理人として出てくる？」

「おい、ノエル。大丈夫か？」

席を立って彼女に近づき、そっと肩に手を置く。

すると、ノエルがハッとした様子でこっちを振り返った。

「師匠、これは本当なんですか？」

「そうみたいだな。どう伝えたものか迷っていたんだが、まさかこんな形で見つかってしまうとは
……」

それでも、ネガティブになっている様子は見られない。

むしろ、どちらかといえば好戦的な雰囲気だった。

「師匠、この規模のパーティーですからきっと、料理は兄弟たちも手伝うでしょう。早くも彼らを

見返す機会がやってきたんです！」

「う、うん。そうか、それは良かったが……くれぐれも落ち着いてな？」

普段見せないような目をしていたので、若干引いてしまう。

そんな俺を見て、ノエルも自分自身の変化を悟ったらしい。

思わず興奮してしまったことを恥じたのか、頭を下げてくる。

「す、すみませんでした！　突然のことで驚いてしまって……」

「まあ、無理もないよ。気持ちはわかる」

とはいえ、興奮したままでは本番で仕事にならないのも事実だ。

自分を抑えて、冷静にふるまってもらえるようにならなければ。

「そうだノエル、今夜は時間があるか？」

「今夜ですか？　はい、大丈夫ですが」

急に予定を聞かれてキョトンとした表情になるノエル。

そんな彼女に俺は優しく声をかける。

「自分を冷静に保てるよう、少し特訓しよう。寝間着のままでいいから俺の部屋に来てほしい」

そして、その日の夜。

しっかり扉を閉め切った部屋の中で、俺はノエルをベッドに押し倒していた。

「師匠！　こっ、これが特訓なんですか!?」

部屋にやってきていきなり押し倒されたノエルは混乱していた。

ろくに抵抗もせず、両手足をベッドに投げ出している。

「ノエル、その状態では……むしろ襲ってくださいって言っているようなものだぞ？」

「でも、師匠が特訓だからと……」

「うん。セックス中は体の興奮に合わせて感情も高ぶりやすいからな。ある意味、自分を制御する練習にはちょうどいいんだ」

「……それは、経験談ですか？」

少しだけ考えて、下から上目遣いで見つめてくるノエル。

その視線に俺は小さく笑って答えた。

「まあ、想像に任せよう。それより、そういう訳だから今日は、ノエルに自主的にやってもらいたいな」

「私が、行為の最中でも冷静でいられるかということですね。分かりました」

「俺が言うのもなんだけど、えらく素直だな」

「父と戦うためには、今の私では確かに不十分だと思います。だから、出来ることはなんでもやりたいんです！」

「なるほど、その意気込みはとても頼りになるよ。あとは実際にやってみせてくれ」

俺がそう言って体を起こすと、彼女も一緒に起き上がった。

「師匠、ベッドのフチに座ってもらえますか？」

言われたとおりにすると目の前にノエルがやってきて、膝をついてしゃがみこむ。

そして、俺のズボンに手をかけた。

「失礼します」

彼女は下着ごとズボンをズリ下げ、肉棒を露出させる。

そして、そのまま躊躇することなく口に咥えた。

「あぁむっ！　れろ、はうっ……んっ！」

「おっ、くぅ……いきなり大胆だなぁ」

「んん、じゅる、はむぅ……悩んでいても始まりませんから。んっ、じゅるるっ！」

ノエルは肉棒の根元を片手で持ち、もう片手を俺の太ももに置いてフェラチオ奉仕している。

「ああ、気持ちいいよ。ノエルもだいぶ上手になったな」

処女を貰ってからも、機会があるごとに夜を共にしていた俺たち。

ときにはステラやシャイナさんと複数プレイになることもあった。

ノエルは真面目な上に努力家だから、彼女たちからどんどんテクニックを吸収していく。

フェラチオも最初のころよりずっと様になっていた。

「んぁ、はふぅ……師匠に気持ちよくなってほしくて、いろいろ頑張ったんですよ！」

「その努力の結果を味わわせてもらっているわけか。なかなか嬉しいね」

息を吐いて体から力を抜くと、下半身から全身へ興奮が広がっていくのが分かる。

血が巡って体が熱くなり、肉棒をより勃起させていった。

「んぁっ!?　はう、また大きくなってます……でも、まだまだっ！」

ノエルはその変化にも怯えることなく、むしろより積極的になっていった。

肉棒に舌が絡みつき、口内で唾液がまぶされる。

膣内とはまた違ったドロドロ具合に、興奮が否応なく高まってしまった。

「くっ、そんなにいやらしい音を立てて、ノエルも変態になってきちゃったか？」

「んじゅっ、れるぅ……こんなことをするのは、エッチのときだけです！」

「ふふ、そうかな？」

「むっ……ん、れろ、ぺろっ……ちゅるっ！」

一瞬ムッとした表情を見せたノエルだけれど、すぐ奉仕に戻る。

俺が怒らせようと、わざと挑発するように言ったことに気付いたんだろう。

「はぁ、ふぁぅ……ん、ちゅるっ！　れろ、くちゅ、んんっ！」

俺に言い返そうとした言葉を引っ込める代わりに、フェラチオを激しくしてきた。

舌の表側を裏筋に当てるようにしながら、頭を動かして大胆にしごく。

「ぐっ、おぉっ……これはっ……！」

「んふっ……あふ、ちゅっ！」

かなりの快感に思わず声が出てしまい、それを聞いたノエルは満足そうな笑みを浮かべた。

その後もフェラ奉仕は続けられ、良い具合に興奮が高まったところで名前を呼ぶ。

「ノエル、もう十分だよ。今度はもっと違うものを味わいたいけど、どうかな？」

「んはつ、はぁはぁ……はい、わかりました！」

ずっと肉棒を咥えていたからか少し苦しそうだったけれど、すぐに返事をする。

そして、立ち上がると寝間着を脱いで俺にお尻を向けた。

すでに下着のクロッチ部分は濡れていて、ノエルも興奮していたことがうかがえる。

「今度は、こちらでさせていただきますね」

「ふふ、すごくエロいぞノエル。フェラだけでこんなに興奮しているなんて」

「えっ、ひゃんっ！　やふっ、ひぃぃんっ！」

俺は目の前のお尻に魅了され、思わず手を伸ばしてしまった。

鷲掴みにするように揉んだ後、下着の上から秘部へと触れる。

ノエルは敏感に反応し、ビクッとお尻を震わせた。

「し、師匠！　いきなり、そんなっ……」

「恥ずかしがることはないぞ、すごく魅力的だ」

俺はそう言いながら、彼女の腰を掴んで引き寄せる。

「師匠!?　きゃっ！」

結果、ベッドの端に腰かけたまま彼女を後ろから抱きかかえる形になった。

ちょうど、俺の股間の上にノエルのお尻がきている。

「あっ、うぅぅ……お尻の下に、熱いものが……」

彼女のフェラチオは絶品で、もうすでに肉棒は臨戦態勢だ。

その上で、柔らかいお尻の感触を味わい歓喜に震えている。

「ノエルの奉仕のおかげでこんなになってるんだ。どうすればいいか、分かるよな？」

「はい、頑張ってお相手させていただきます」

彼女はそう言って頷くと、自分で下着を脱ぐ。

かなり濡れていたのか、一瞬ショーツが股間に張りついたので顔を赤くする。

「み、見ないでくださいねっ！」

「ノエルがすぐに忘れさせてくれれば、問題ないと思うな」

「うう、やっぱり師匠は変態です……でも、私だって成長してるんです！」

ノエルはそう意気込むと、さっそく自分から肉棒を咥え込んだ。

背面座位の体制のまま、肉棒がズブズブの彼女の体の中に侵入していく。

「んぐっ、はうっ、はぁっ！　すごい、いつもより熱いかもっ……」

「ノエルの中だって熱くなってるぞ」

前戯の最中にだいぶ興奮したようで、愛液の量は十分すぎるほど。

俺のものが挿入されただけで、押し出されるように溢れた愛液がシーツにまで垂れていく。

「ノエル、いつまでもジッとしたままだと終わらないぞ？」

「分かっています……んっ、くぅ！」

彼女は俺の膝に手を置くと、ゆっくり腰を動かし始めた。

まだ発展途上と言えるキツめの膣内で肉棒を包み込み、上下にしごく。

意識しなくても生まれる締めつけは心地よく、単純に動いているだけでも快感を生み出した。

「ノエル、俺も少し手伝ってあげるよ」

「えっ……きゃうん！　やっ、下からっ……ひうぅぅっ！」

しっかり腰を押さえたまま、彼女の中を突き上げる。

それほど激しい刺激ではないけれど、今のノエルには十分だったらしい。

反射的に快感から逃げようとしているが、そこは押さえ込む。

「だ、駄目っ！　これ駄目ですっ！　気持ちいいのが全身に巡ってくる！」

「うぐっ、中の具合も良くなってくるな」

刺激を与えたせいか、膣内も敏感に反応した。

キュウキュウとこちらを締めつけ、肉棒を隅々まで刺激してくる。

快感も相当なもので、腰から力が抜けそうになってしまう。

けれど、俺はそれをこらえて動き続けた。

「あふっ、はぁ、はぁ……わ、私も……！」

ノエルもやられっぱなしではいられないと思ったのか、動きを速くする。

寝室にパンパンと肉を打つ音が響いて嬌声とまじり合い、脳みそにまで響いてきた。

「興奮で頭の血管が切れそうだよ……くっ、はぁっ！」

俺たちは互いに体を交わらせ、より興奮を深いものにしていく。

しかし、その熱狂も長くは続かない。

「はぐっ、はぁ、はぁっ、んぐうぅぅっ！　もう、体が限界ですっ！　師匠っ！」

「なら、最後まで付き合ってやるよ！」

彼女の言葉に合わせて、俺はより肉棒を深くまで突きこむ。

「ひゃあぁぁああっ!? やっ、それ駄目ですっ！　イクッ、イってしまいますからぁっ！」

「ああ、イってみろ！　しっかり見ててやるからな！」

しっかり腰に手を回して逃がさないようにしながら、最後まで犯していく。

「駄目ええぇっ！　イクッ、駄目っ、ひゃうううぅぅぅっ!!」

直後、彼女の体が大きく震えた。

「うっ、ぐおっ！」

膣内もそれに合わせてうごめき、肉棒を絞りあげてくる。

意地でも子種を引き出そうとする動きに、俺もたまらず射精してしまった。

「あひっ！　はっ、ふぅぅっ！　ドクドクって、中に入ってきていますっ……」

「どうだ、気持ちいいか？」

「はい、全身が蕩けそうです……」

ノエルはそう言いながら、背後の俺にもたれかかっていた。

こっちも搾り取られて少し疲れたけれど、まだノエルよりは余裕がある。

「師匠……私、本番で上手くやれるでしょうか？」

「今さっき見せてくれたみたいな大胆さがあれば大丈夫だろう」

「うっ……ですが、あれとこれとは違って……」

「まあ、そうだな。でも、後ろには必ず俺がついているんだ。何かあれば助けるよ」

「はい、ありがとうございます。私、食堂の代表として頑張ります！」

そう言うと、ノエルは俺の手を握ってきた。

俺もそれを握り返しながら、その日は休むのだった。


そして時は経ち、いよいよパーティーの当日となる。

「ここが会場か、広いな」

俺たち三人は会場となる広間の下見に来ていた。

広間はテニスコートが複数入るくらいの大きさで、丸いテーブルがいくつも並んでいる。

これでも王宮の中では中規模な部屋だというのだから、たまげたものだ。

「そうね。私が作るほうも手伝うとしても、かなり大変そうよ。大丈夫？」

「まあ、何とかするさ」

パーティーの給仕は王宮のメイドさんが担当するので、ステラにはキッチンを手伝ってもらうことになっている。

彼女もそこそこ料理はできるので問題ない。

キッチン内に身内しか入れなければ、魔法も使えるしな。

ちなみに、俺とステラは顔がバレないようにマスクをしている。

不審に思われるかもしれないけれど、衛生的な対策だと説明したら王宮の担当者も納得してくれたので問題はないだろう。

素顔で城内をぶらつくと、もし顔見知りに会ってしまった場合に大変だからだ。

「ノエル、準備は順調だよな？」

「はい師匠。すでに食材の下準備は終えて、一部は調理に取り掛かっています」

後ろを振り向くと、ノエルが凛とした表情で姿勢を正している。

「スープなどは本来なら時間もかかりますが、師匠の魔法のおかげで調理時間を短縮できますので問題ありません」

「うん、良し。パーティーの開場までには間に合いそうだな」

今がちょうどお昼前で、開場は夕方。

俺たちも少し腹ごしらえして、そのあとで料理に取り掛かる。

そう思っていたとき、会場にもう一つのグループが入ってきた。

堂々とした体躯のシェフが先頭に立ち、数人のコックを引き連れている。

「あれは……！」

彼らを見てノエルが視線を鋭くした。

「ノエル、もしかして彼らが？」

ステラが問いかけると、彼女は頷く。

「はい、レストラン『フェアリーパレス』のシェフとコック……私の父と兄弟たちです」

そう言う彼女に、恐れているような雰囲気はない。

むしろ、武者震いするように拳を握りしめていた。

「おい、どうやら向こうもこっちに気付いたみたいだぞ」

先頭のシェフ、おそらくベルナード・ギルベルト氏がまっすぐこちらを見て進んでくる。

「よお、あんたたちが連邦王国側の料理人か。オレの娘が世話になっているみたいだな」

彼はノエルの前ではなく、まっすぐ俺の正面に立って見つめてきた。

書類にはノエルを代表として記してあったけれど、誤魔化しは効かないらしい。

俺は部屋の中に王宮の人間がいないことを確認してからマスクを取った。

「『ランダル食堂』の店主、エド・オーウェルといいます。どうぞよろしく」

こちらから手を出してみると、ベルナードさんは躊躇することなく握ってきた。

「こちらこそ。まあ、ノエルを代表者にしたり、顔を隠したりしているあたり事情がありそうだが、それはいい。問題は料理だ」

どうやら違和感を追求されることはないと知って一安心だ。

しかし、先ほどの言葉といい、ノエルがランダル食堂で働いているのは知っていたらしい。

すぐに、彼の矛先がそのノエルに向かった。

「ノエル」

「えっ!? は、はい……」

低い声で名前を呼ばれ、とっさに返事を返す彼女。

若干声が震えているけれど、目はしっかりと父親を見返していた。

「家を飛び出していって、街の食堂に転がり込んだと聞いたときはどうなるかと思っていたが、以前よりは成長したようだな」

「そ、そうです！　私は師匠のもとで勉強して、ちゃんとした料理人になったんです！」

「師匠だと？　ふん、人に食わせるための料理を作ってまだ十年も経っていないというのに、よく言うな」

「うっ……」

その言葉はノエルはもちろん、俺にもグッサリと刺さった。

確かに、食堂を初めてまだ一年ちょっと。

何十年も料理人をしてきて、今は一等地にレストランを構えている彼からすれば新人もいいところだろう。

ただ、美味しい料理を食べて腹いっぱいになってもらいたいという気持ちは負けていないはずだ。

俺は一歩前に出ると彼を見つめ返す。

「ベルナードさん、確かに料理の技術は貴方のほうが上手いに違いありません。でも、こっちにはこっちの得意分野がある。パーティーではあっと言わせてみせますよ。ノエルと一緒にね」

ついでにノエルの肩を叩くと、彼女も正気を取り戻して頷いた。

「そ、そうです！　必ず私の料理を認めさせてみせます！」

「威勢だけは一人前になったな」

ベルナードさんは口元を歪めると、背後に控えている息子たちに声をかける。

「お前たち。家族だからって遠慮はいらん、力の差を見せつけてやるぞ」

その言葉に、並んでいたノエルの兄弟たちが声を上げた。

「ふん、ちっぽけな食堂がウチのレストランに敵うわけないだろ！」

「こっちは毎日、親父と一緒に舌の肥えた客を相手にしているんだからな！」

「キッチンに入れなかったからって。目にもの見せてやる！」

彼らもノエルの兄弟らしく、やる気十分でこっちをライバル視していた。

「ノエル、大丈夫か？」

「問題ありません。絶対に驚かせて、私の実力を認めさせます！」

その意気込みにむしろ少し心配になって、彼女の顔を見てみる。

けれど、ノエルはむしろ相手が目の前に現れて、エンジンがかかったように張り切っていた。

「ベルナードさん。お互い、主賓のシャイナ殿下の顔に泥を塗るようなことはないようにしたいですね」

「そちらが下手な真似をしなければ問題ない。まあ、何をしようとも、ゲストたちの評価は変わらないと思うがな」

「凄い自信ですね。俺も対抗心が湧いてきますよ」

その会話を最後に、ベルナードさんたちは広間を後にする。

俺たちはそれを見送った後で、ゆっくりとキッチンへ戻った。

ノエルはそのあと、脅威の集中力で料理を仕上げていった。

そしてついに、パーティーが開場する時間になる。

俺たちはキッチンで、あわただしく最後の仕上げに取り掛かっていた。

「師匠！　もうすぐ大王豚のハンバーグが焼きあがります！」

「よし、皿の用意はしてある。ステラ、盛り付けは？」

「大丈夫よ。お皿の数も足りているし、最初に出すスープはもう、メイドさんたちが持って行ったわ！」

普段の食堂の倍は広いキッチンで、三人がせわしなく動く。

シャイナさんから応援を出そうかと提案されたけれど、それは断っていた。

自分たちだけのほうが息の合った動きが出来るし、他人がいると魔法の使用が制限されてしまう。

こうしている間にも、魔法のかかった冷蔵庫で通常よりも早く、プリンやゼリーが冷え固まっている。

煮物の鍋にも魔法がかかっていて、一時間の放置でも、内部では十倍の時間が経過していた。

食材の奥まで味がしみ込んで、美味しくなっているはずだ。

王宮は警備が厳重であり、俺たちがキッチンに入ることが出来たのは、今日の朝になってからだった。それは開いても同じだと聞いている。

なので、こうした時間のかかる料理は、向こうは作れていないだろう。

その点は、こっちに有利だったな。

「とはいえ、相手は一流レストランのチームだ。何かしら、策もあるだろう。油断はまったくできない」

今回俺たちが用意したのは、大王豚の料理をメインにしたコース料理だ。

食材はいずれも、レイアス連邦王国のものを使っている。

スープに使ったのは国産の豆。

連邦王国は内陸国なので魚介類があまりとれず、代わりにベヒーモスの卵料理を出す。

これはなんとか産卵シーズンの最後期のものを確保して、魔法で保存しておいたものだ。

そして、メインの大王豚は二種類用意してある。ハンバーグと角煮だ。

最後のサラダやデザートにも連邦王国の野菜や果物を使って、レオナルド王子の料理人として恥ずかしくないものを用意した。

ただ、普通に料理を作ってもおもしろくない。

連邦王国は元々遊牧民族だったので、すぐ食べられるシンプルな料理を好む。

肉の丸焼きだったり、野菜をごった煮にしたポトフ、そしてベヒーモスの卵を使ったオムレツなどだ。

一方、バーミンガム王国はずっと国内が安定していたので、そのぶん様々な文化が発展している。

料理もその一つで、いろいろな調理器具なども使い、目新しさのある斬新な料理が好まれていた。

なので今回、素材は連邦王国のものを使ったけれど、調理法は王国風にしてみた。

普通は丸焼きにする肉をミンチにしてハンバーグを作ってみたり、じっくり時間をかけてトロトロになるまで煮込んでみたり。

どちらも、味わいは濃厚だけれど肉質が少し固い大王豚の欠点を帳消しにできる。特にハンバーグのほうはノエルが気合いを入れて作っており、とっておきの仕掛けも施してあった。

「……師匠、プリンとゼリーもお皿に盛りつけましたぁ」

「よし、いい感じだ！　こっちもサラダが出来上がったから、持って行ってもらう」

ステラがメイドさんを呼ぶと、揃いの衣装に身を包んだ彼女たちが次々に料理を運んでいく。

ものの数分もしないうちに、キッチンのテーブルが空になってしまった。

あれらはタイミングを見計らって、お客様に提供されていくんだろう。

今回は立食形式だから、料理の入れ替えという感じかな。

ともかく、王宮の担当者ならそのあたりを上手くやってくれるに違いない。

「ふぅ、これで一段落ですね」

「ええ、さすがに少し疲れたわ。エドは？」

「俺も疲れたよ。一度にこんなにたくさんの料理を作ったのは、生まれて初めてだからなぁ」

食堂では座席の上限が決まっているし、出せる料理にも限りがある。

今回はある意味、いい経験にはなった。

「俺たちの料理人としての仕事は終わったけれど、まだすることはあるぞ。シャイナさんとレオナルド王子が、今日のそれぞれの料理人を紹介するらしいからな」

「ああ、そう言えばそうね。なら、急いで身支度を整えないと！」

さすがに王族主催のパーティーへ、汚れたコック服のまま出席するわけにはいかない。

俺たちは用意していた予備の服に着替えた後、パーティー会場へ向かう。

「ランダル食堂のノエル様と、スタッフの方ですね。こちらへどうぞ」

会場に着くと、担当者に案内されて入口へ移動した。

ここからはノエルに表に立ってもらい、俺たちはその後ろでじっと控えることになる。

しばらくすると、フェアリーパレスの面々もやってきた。

ベルナードさんはともかく、後ろの息子たちは一仕事終わって晴れ晴れとした表情をしている。

ちなみに、まだ俺たちは互いがどんな料理を作ったのか知らない。

一流レストランの看板を持つベルナードさんのことだから、常識的な枠から外れたような、奇抜な料理は作れないはずだ。

「どうやら、お前たちのほうが早く終わったようだな、ノエル」

「はい。ですが、出来は今までの料理でも一番といえるくらい良いものです!」

「まだヒヨコのくせになかなか言うな。外の世界に出て大人になったつもりか?」

ベルナードさんのプレッシャーの籠った視線がノエルに突き刺さる。

けれど、彼女はこぶしを握って真正面から見つめ返した。

「この後でお互いの料理を試食することになるでしょうから、そこで分かってもらいます!」

「ふん、大した自信だな。まあいい」

やがて準備が整ったのか、担当者が入場を促す。

会場に入ると、正面に用意された舞台にシャイナさんとレオナルド王子がいた。

「皆さん、よく来てくれました。さあこちらに」

いつもと同じように優し気な笑みを浮かべたシャイナさんに誘導され、それぞれ並ぶ。

シャイナさんの横にはフェアリーパレスの面々で、レオナルド王子の隣に俺たちだ。

距離が近づいたことで、王子が俺たちにこっそり話しかけてくる。

「よく来てくれた」

彼は笑みを浮かべていて、表向き怒っているようには見えない。

とりあえず、すでに提供された料理には問題がなかったようだ。

「まずは、今回の依頼を受けてくれたことに礼を言う。ありがとう」

「レオナルド王子のご期待に添えた働きが出来ていれば幸いです」

「それについては、心配しなくとも大丈夫だと思うよ」

「そうでしょうか？　相手は一流レストランですから」

もちろん最初から負けるつもりでパーティーに臨んでいるわけではない。

けれど、やはり料理人としての格も実力も、圧倒的に向こうが上なのだ。

同じ材料で同じ料理を作ったら、百回やって一度勝てるかどうかだろう。

だからといって、素直に敗者になるわけにはいかないのだ。

ノエルの頑張りを無駄にしてしまうことになる。

せめて、用意した料理の内の一つくらいは、向こうを上回ったと言ってもらわなければ。

「店主、テーブルを見てくれ」

「はい？　ああ、なるほど」

レオナルド王子に促されて会場を見ると、テーブルに置かれているのはデザートだ。

すでにメインの料理は食べられた後らしい。

ゲストたちの直の反応を見られないのは残念だけれど、料理は熱々で食べてほしいからな。

ただ、テーブルを見る限りデザートも好評なようで、ほとんどの皿は綺麗になっていた。

それはフェアリーパレスの料理も同じで、これだけでは情勢はつかめない。

「ランダル食堂の料理はフェアリーパレスの料理といい勝負を繰り広げているよ。僕も口にしたが、素晴らしい出来だった」

「本当ですか？　なら希望が持てますね」

そんなことを話していると、シャイナさんがこちらに視線を向けてくる。

どうやら舞台が整ったので話を進めるらしい。

「それでは、改めてわたくしとレオナルド王子殿下、双方が推薦したシェフたちの料理を本人たちに食べ比べてもらいましょう」

彼女がそう言うと、目の前のテーブルに料理が並べられる。

これらは王宮側で特別に魔法で保存しておいたもので、どれも出来立てホカホカだ。

ここで俺たちは、初めて互いの料理を見ることになる。

そして、俺はフェアリーパレス側の料理を見て驚愕した。

「なっ……あれは、子豚の丸焼き!?」

まず目についたのは、料理の中央にドンと置かれた肉料理だった。

肉そのものの形を保っているその料理は、圧倒的な存在感を示している。

まさか肉料理が豚でかぶってしまうとはな……。

しかも、インパクトは確実に向こうのほうが上だ。

「そんな、まさかこんなに豪快な料理をしてくるなんて……」

隣でノエルも驚いている。

「お前も見たことがないのか？」

「は、はい。父は王国らしい丁寧で工夫の凝らされた料理を好んでいましたから。まさか、丸焼きなんて……」

確かに動物を一頭丸焼きにするには、意外と高度なテクニックが必要だ。

場所によって火を当てる時間を変えなければ、均等に焼けない。

とはいえ、見た目は完全にワイルドな料理だった。

呆然としていると、ベルナードさんが声をかけてくる。

「今日のゲストのレオナルド王子は連邦王国出身ということだから、メインの料理はそちら風に調理したんだ。久しぶりに手ごたえがあったぞ」

そう言って豪快な笑みを浮かべるベルナードさん。

そしてもちろん、この人がただ、肉を丸焼きにしただけで終わるわけがない。

「すみません、失礼します」

ノエルが置かれていたナイフを手に取ると、子豚の腹を切っていく。

すると、中から何かがボロボロとこぼれてきた。

「これは……ソバの実？　子豚のお腹の中で煮詰められたからか、お粥状になってます」

「なるほど、二重の調理とは……並の腕ではできないな」

実際に味を見てみると、豚の出汁も効いていて程よい味付けだ。

子豚もソバの実も王国の食材。

それを連邦王国風に豪快に調理しつつも繊細な技を感じさせる。まさに匠の技だ。

俺たちが感心していると、向こうもこちらの料理に手をつける。

「そちらのメインはハンバーグに、煮物か？　この肉質……なるほど、大王豚を使ったか」

向こうも一目で俺たちの使った素材を見抜いた。さすがだ。

そのまままずは、俺の作った角煮を口に運ぶ。

「むっ！　肉が口の中でとろけてしまう！　調理の難しい大王豚を、ここまでほぐし切るとは……」

続けて彼の息子たちがハンバーグに取り掛かるが、ナイフを入れた瞬間驚愕の声が上がった。

「うわっ！　す、すごい肉厚だ……ミンチにしているはずなのに、さすが大王豚……」

「いや、それだけじゃない。見てみろ、中に別のチーズが入ってる！」

「ただでさえ肉の味が濃厚なのに、それをさらに深めてくるとは……思い切ったな」

驚く彼らの前にノエルが進み出る。

「それは私の料理ですよ。どうですか？」

「これを……ノエルが……？」

「まさか、父さんからは料理の基本くらいしか教えられていなかったのに……」

困惑する彼らに対してノエルは堂々と言う。

「基本が出来ていればそれで十分です。私はランダル食堂で自分の料理の道を見つけました」

兄弟たちは彼女の顔と手元の料理を交互に見て肩を落とす。

どうやら、自分たちが下に見ていたノエルが、知らない間に成長していたことをようやく現実として受け入れたようだ。

その一方、ベルナードさんも俺の近くにまでやってきていた。

「この角煮、使っているのはバーミンガム王国の調味料だな？」

「ええ、それに関しては連邦王国よりこちらのほうが優れていますから」

王国の中でも、この王都は特に文化的な先進性がある。

料理も同じで、各国から集められた調味料が様々な使われ方をされ、新しい料理法が生み出されていた。

それらは、調理の難しい食材を立派な料理にするために大きな助けとなっている。

ベルナードさんは王国の食材で、連邦王国風の調理を。

俺は連邦王国の食材で、王国風に調理をした。

正反対ではあるが、発想的には似通っている部分もある。

だからだろうか、彼の口調も以前より柔らかくなっているように思えた。

「今回はオレも少し冒険に出てみたが、完成度が低かったな。子豚の中に詰めるのはソバではなくライスにすべきだった。その点、お前の角煮は完璧だ」

彼はそう言いながら、もう一つ角煮をフォークで突き刺し、口に運ぶ。

「ノエルが作ったというハンバーグもなかなかの出来みたいだな。あれは質の悪い肉をなんとか食べられるようにするための料理だと思っていたが……うむ、大王豚の肉質の固さを解消するにはピッタリの調理法だ。参ったよ」

「いえ、こちらこそ勉強させていただけて、ありがたいです」

そう言いながら、俺も丸焼きから切り取った肉を口に運ぶ。

美味しい。割と内側の肉だったけれど、良い具合に火が通っている。

かといって外側が焦げているわけじゃないのだから、すごいテクニックだ。

「お父さん！　私の作ったハンバーグも食べてください！」

そのとき、ちょうど兄弟をうならせたノエルが意気揚々と皿を手にやってきた。

「うむ、ではもらおうか」

ベルナードさんはハンバーグを切り分けると口に運び、目をつむって唸る。

「ううむ……柔らかくなっているが、肉の旨味はそれほど逃げていないな」

「こちらの野菜ソースも使ってみてください！」

「おお？　むっ、これは！　ピリッと辛みのあるソースが肉の濃厚な味をフレッシュにしている」

ノエルが差し出したのは俺が教えた大根おろしだ。

日本で使われているものより少し辛みが強いので、肉料理に合う。

「これもまた見事だな。家を飛び出してから短期間でこれを身に着けたのは正直驚くぞ」

「ほ、本当ですか!?」

まさか普通に誉め言葉を貰うとは思わなかったのだろう。

ノエルが驚いた表情をしている。

「ああ、どれも美味い。ただ、メインに気合が入りすぎたのか、ほかの部分で粗が目立つがな」

そう言って彼が目を向けたのはデザートだった。

向こうが用意したのは、細工の施されたチョコレートとシャーベットアイス。

対してこちらはプリンとフルーツのゼリー寄せで、イマイチ華がない。

プリンに関してはベヒーモスの卵を使っているので、濃厚な味わいがかなりの高評価を受けた。

それでも、総合力では向こうのデザートに軍配が上がる。

「普段庶民向けの食堂をしている割には、健闘していると思うぞ」

そう言うベルナードさんの表情には余裕があった。

メインの料理でこちらを素直に称賛したのも、総合力では負けないという自信があったからだろう。

「いえ、このパーティーの場にふさわしい料理を提供できただけでも、俺は十分満足です」

そう言うと隣にいたノエルも頷く。

「はい、私もこれで、お父さんや兄さんたちを見返すことが出来ましたから！」

それからは、一緒になって料理を平らげた俺たちは、互いの健闘を称えあって握手する。

それを合図に、後ろに下がっていたシャイナさんが出てきた。

「さあ皆様、素晴らしい料理を提供してくれた料理人たちに拍手をお願いします！」

その言葉と共に会場から大きな拍手と歓声が上がった。

これにて俺たちの出番は終わり、控室に戻ることに。

後は、シャイナさんとレオナルド王子が適当に話をしてまとめるだろう。

俺が真っ先に部屋のソファーに腰を下ろすと、ノエルとステラも同じように向かい側へ腰かける。

「はぁぁ……さすがに疲れたな！　もうしばらく動きたくないぞ……」

ソファーに沈みながら大きなため息をつくと、正面に座ったステラも同意する。

「旅をしている最中でも、なかなかないくらいの激務だったものね。わたしも腕が突っ張りそう」

普段ウェイトレスとして大量の料理を運んでいる彼女でも、大量の食材の処理は疲れたらしい。

「私も、緊張が解けた途端に動けなくなってしまいました……」

ステラの隣で俺以上にぐったりしているのはノエルだ。

彼女は俺たちと違って身体能力は普通の少女だし、この修羅場はキツかっただろう。

「ノエルちゃん、動かないでね？　少し疲労をとってあげる」

ステラはそう言うと、彼女の両肩に手を置いて魔法を使う。

白く淡い光がステラの手の平から現れて、ノエルの体に作用していった。

「おあぁ!? な、なんだか体が温かくなって、疲れが蕩けていく気がしますっ！」

突然のことに奇妙な悲鳴を上げつつも、気持ちよさそうな表情になるノエル。

「ステラ、後で俺にもやってくれないか？」

「駄目。エドはサボってるだけで本当は動けるでしょ？」

「疲れてるのは本当なんだけどなぁ」

そう言いつつも俺は体を起こして、腕を伸ばし、首をゴキゴキと鳴らす。

俺たちの出番は終わったので帰ってもいいんだけれど、キッチンの片づけが終わっていない。

食堂から持ってきた食材の余りや調理器具が整理されるまで、待機になるだろう。

そんなとき、扉が開かれて中に人が入ってきた。

「シャイナさん！ それに、王子まで……」

入ってきた人間は三人。

さっきまで一緒に舞台に立っていたふたりと、あと見覚えのない女性がひとり。

彼女はこちらを見ると、微笑を浮かべながら優雅に一礼する。

長いストレートの金髪に穏やかな顔立ち、それにスレンダーな体系とそれに合うドレス。

見たところどこかの貴族のお嬢様で、深窓の令嬢といった雰囲気だ。

彼女の前に立った王子が口を開く。

「紹介しよう。こちら、エーネミル公爵のご長女でネリア嬢だ」

「お初にお目にかかります、ネリアと申します。本日は素敵なお料理の数々を用意していただいて、とても感激しましたわ。なので、レオナルド王子にお願いして一言お礼を言わせていただこうかと」

「そ、そうでしたか。わざわざありがとうございます」

彼女が手を伸ばしてきたので、代表してノエルが握手する。

一応、彼女がランダル食堂の代表ということだからな。

その最中、隣に移動してきたステラがこっそり耳打ちしてくる。

「エド、彼女がどうしてきたか分かってる？」

「は？　いや、普通にお礼を言いに来たんじゃ……」

そう言うと、ステラはあきれたような表情でため息をついた。

「わたしに警告しに来たのよ。レオナルド王子の次の相手は自分だから、余計な手出しはしないようにって」

「なっ!?」

その言葉を聞いてネリア嬢のほうをもう一度見るけれど、そんな雰囲気は見受けられない。

ノエルに料理の質問をしては、興味深そうに聞いている。

「部屋に入ってきた瞬間、こっそりわたしに視線を向けてきたわ」

「本当か？　まったく気づかなかったぞ」

「貴族のお嬢様の怖いところよね」

そう言いつつステラは苦笑いした。

「それにしても、わたしにふられてから一ヶ月も経たないうちに新しい相手を見つけて、レオナルド王子もなかなかのプレイボーイじゃない。彼の妻になる人って苦労しそうだわ。誘いを断って良かった」

「ははは、そうだな。万が一俺が、見ず知らずの女の子と関係をもったら、ステラはただじゃ置かないだろうし」

そうして互いに笑い合っていると、シャイナさんも近くにやってくる。

「さっきはあまりお話できなくて、ごめんなさいね。舞台上だったものだから」

「いえ、こちらこそありがとうございます。今回のことは良い経験になりました」

シャイナさんが、王宮の重要人物と顔を合わせないよう場所や時間を調整してくれたおかげで、まだ俺たちの正体もバレていない。

王都の一流レストランと料理を競うことができたのは、かけがえのない経験になる。

「そう言ってもらえると嬉しいわ」

「しかし、どうして王国側のシェフがベルナードさんになったんですか？　まさか、シャイナさんがノエルのことを考えて……」

「いえ、それは違うわ。彼らのほうから売り込んできたのよ」

どうやらベルナードさんが、レストランに箔をつけるために提案したらしい。

偶然といえばそれまでだけれど、少し運命的なものも感じてしまう。

「まあ、結果的には万々歳だったんだから問題ないでしょう」

「そうね、レオナルド王子もステラちゃんのことはきっぱり諦めたようだし」

シャイナさんの視線の先では、ノエルとネリア嬢の会話に彼が加わっている姿があった。

「ともかく、パーティーを無事に終えられて安心しましたよ。ノエルも目的を達成できたし」

心配していた実家との関係だけれど、そう悪い展開にはならなそうだ。

ベルナードさんもノエルの力を認めていたし、兄弟たちは納得していない部分もあるだろうけれど、彼の下にいれば下手な真似はしないだろう。

むしろ、互いにライバル意識が高まって良い効果を生むかもしれない。色々と問題はあったものの、いい結果を残してパーティーは終わる。俺にとってはそれだけで十分だ。

「ああそうだ、エド君」

「はい、なんですか？」

「今夜、食堂のほうにお邪魔するわ。時間を空けておいて貰えると嬉しいのだけど」

「ええ、もちろんですよ。シャイナさんのお願いなら」

俺はそう言って彼女の願いを快諾する。しかし、残念ながらこのとき、シャイナさんとステラが薄く笑みを浮かべていることには気付けなかった。

＊　＊

「こんばんはエド君、お邪魔するわね」

時間は夜で、場所は食堂の二階の寝室。

ノックもなしに部屋に入ってきたシャイナさんは良い笑顔をしていた。

一方、ベッドの上にいる俺は困惑中だ。

「あの、これはどういう状況なんでしょう？」

左右を見ると、ステラとノエルが俺の腕をがっちり押さえている。

食後にステラが淹れたお茶を飲んでいたら急に眠くなってしまい、目覚めたらこの状況だ。

しかも俺は全裸状態で、左右のふたりも下着姿。

シャイナさんに至っては、ここに来る前にシャワーを使ったのかバスタオル一枚だった。

「あ、シャイナさん。髪乾かすのでこっち来てください」

「ありがとうステラちゃん、助かるわ」

ふたりが仲のいい姉妹みたいにふるまっているけれど、絶賛拘束中の俺からすると面白くない。

「あの、どうしてこういう状況に至ったか説明してほしいんですけど」

ノエルはないとして、シャイナさんかステラが首謀者だというのは分かる。

あるいはふたりが示し合わせて俺を罠にハメたのかも。

どっちにしろ、無理やりに脱出して、万が一にでも怪我をさせるわけにはいかないので、大人しくするほかないのだ。

すると、ステラのほうが先に口を開いた。

「そろそろエドにも身を固めてほしいと思ったからね」

「それって……」

ここにいる誰かと結婚しろということか？

思わず三人を見ると、彼女たちも真剣な表情で俺を見つめてくる。

ステラは分かる。シャイナさんもその気配はあった。しかし、ノエルはどうだ？

もう一度視線を向けると、今度は彼女が口を開いた。

「私、今回のパーティーで実家から完全に独立する決意が出来ました！　つきましては、その……わ、私も師匠のお嫁さんにしてください！」

ノエルは少し躊躇したものの、思い切って言い切った。

恥ずかしさで顔を赤くしながらもやりきったという表情の彼女に、俺はますます混乱する。

「お、おい、独立するのはいいが、どうして結婚なんて方向に……」

そう言おうとした途中で、ノエルの言葉にあった違和感に気付く。

「ノエル、お前『私も』って言ったか？　ま、まさか……！」

シャイナさんとステラを見ると、彼女たちは満面の笑みを浮かべていた。

「いつまでも身を固めないエドにお仕置きよ。わたしたち三人とも娶りなさい！」

「ふふ、わたくしは少し手間がかかってしまいますが、必ず嫁入りに来るわね♪」

「なんと……」

長年の付き合いで分かるけれど、ふたりとも本気だ。

「幸い王国には一夫一妻の制限はありませんし」

「まあ、それもここを拠点に勧めた理由なんだけどね」

互いに視線を合わせて笑うふたり。

どうやら、相当前から計画自体は考えていたらしい。

「わたしもシャイナさんも、エドに責任取ってもらう権利は十分あるわよね？」

「ええ。それに、今更ひとり加わるくらい問題ないでしょう」

「ちょっ、ふたりで勝手に話を進めないでくれ！」

そう言うと、ふたりとも真顔になって顔を近づけてくる。

「なに、もしかしてもっと時間がほしいとか言わないわよね」

「わたくしは三年ほど。ステラちゃんはそれ以上待っていたのよ？」

「レオナルド王子相手に大見得を切ったエドは、どこにいったのかしら？」

「ツケはどんどん膨らんでいくもの。諦めてノエルちゃんも一緒に貰ってちょうだい♪」

そう言われると俺は何も言い返せなかった。

「……分かったよ、俺のほうから言い出さなかった責任もあるしな」

「師匠っ！」

そう言うと、不安そうに控えていたノエルも笑顔になって全力で抱き着いてくる。

「私、師匠のもとでもっと勉強して一流のシェフになりますね！」

「ああ、そうしたらランダル食堂ももう少し大きくできるかもな。楽しみだ」

俺は軽くノエルの頭をなでると、そのままの流れでキスする。

「んっ!?　ひゃわ、ししょうっ……んんっ！」

少し驚いたように目を見開いたノエルだけど、すぐ自分からも唇を押しつけてきた。

「んくっ、はぁっ……おふたりの話に勢いで乗ってしまったんですが、きちんと師匠のお嫁さんになれるでしょうか？」

「大丈夫だ、先輩ふたりが上手く教えてくれる。それより、本当に俺でいいのか？」

「はい、ここが私の第二の人生を始める場所だと確信しています」

「そうか、ならきっちり面倒みてあげないとな」

「よろしくお願いいたします、師匠……あう、あ、んぅっ……！」

だが、それを見たふたりが慌てる。

「ちょっと、ノエルが最初なの!?　ここはわたしが一番手じゃない!?」

「そんな……こんなにエド君を求めているのに……」

俺はひとしきりノエルとのキスを楽しむと、ふたりにも声をかける。

「今さら数分くらい誤差だろう？」

そして、今度はシャイナさんの番だ。

「あっ、きゃっ！　ふふっ♪」

俺に肩を抱かれた彼女は、嬉しそうにほほ笑んで自分からキスしてきた。

「ちゅっ、ぷはっ……こうなるのをずっと待っていたのよ？」

「すみません。でも、これからはずっと一緒ですよ。陛下が反対するなら王宮から連れ出してみせます」

「嬉しいわ、毎日エド君と過ごせるなんて……本当に夢みたい」

彼女の目尻には涙が浮かんでいた。

俺はそれを指先でぬぐい、もう一度キスする。

シャイナさんも俺の背に手を回し、ギュッと抱きしめてきた。

「体が熱くなってますね」

「ええ、もうドキドキが止まらないわ。今夜は寝かせられないかも」

「満足するまで付き合いますよ。でも、その前にもうひとり待ってる相手がいますから」

シャイナさんは頷き、名残惜しそうに手を離す。そして、ステラと向かい合った。

「エド……」

「ステラには本当に、今まで色々世話をかけてばかりだな」

「い、いいわよ別に！　エドの面倒を見るのがわたしの仕事みたいなものだし！」

「ああ。でも、これからはもっと俺のことを頼ってほしい」

そう言うと、彼女は思わずといった感じで苦笑いする。

「それ、本気で言ってるの？　心配で仕方ないわ！」

「なんとか頑張るよ。家族が増えるし、将来はもっと増えるかもしれないんだから」

「……本当、心配ね。でも四人でならきっとやっていけるわ」

俺はステラを抱きしめ、ゆっくりと唇を重ねていく。

彼女も俺に合わせるように動いて、そのまま数十秒たっぷりキスを交わした。

「んくっ、はぁっ！　ふぅ……エド、大好きよ！」

「ああ、俺も大好きだ」

長年の相棒とついに一線を越えて結ばれたことに胸が高鳴る。

それからは、もう俺もステラたちも興奮した気持ちを押さえられなくなっていく。

三人はそれぞれ身に着けていたものを脱いで、一糸纏わぬ状態になり、そのままベッドへ横になった。

俺から見て左からノエル、ステラ、シャイナさんの順番に身を寄せ合っている。

「感動的な光景だな……」

王都中を探してもなかなか見つからないような美女たちが、目の前で三人も俺を待ち受けているんだ。今から彼女たちを犯すと思うと、欲望があふれ出しそうになるのを止められない。

真ん中にいるステラが、俺のほうへ手を伸ばしてくる。

「エド、きて。もう待ちきれないの！」

「ああ、三人まとめてたっぷり可愛がってやる！」

俺は彼女たちに覆いかぶさるようにして、それぞれに手を伸ばし始める。

ノエルには左手を秘部に、シャイナさんには右手を胸に。

「あうっ！　し、師匠っ、いきなり……ん、はうっ！」

「大丈夫、最初は優しくするさ。それに、ノエルも気分が高まって濡れやすくなっているみたいだしな」

指が触れただけで声が出てしまうのは、それだけ敏感になっている証拠だ。

痛みを与えないよう気をつけながら、秘部をゆっくりマッサージするように愛撫していく。

「んあぁ、ひゃ……ふっ、んうっ！　はぁ、はぁ、ひゃんっ！」

「やっぱり。早いな、もう濡れてきたぞ」

指で慎重に刺激していると、早くも膣口が湿ってくるのを感じた。

いつになく感情が高ぶって、肉体も反応しやすくなっているらしい。

「ノエル、自分が濡れてるのが分かるか？」

「そ、そんなの分かりません！　でも、どんどんアソコが熱くなって、止められないんですっ！」

「我慢しなくていいんだぞ。そのまま熱さを受け入れれば気持ちよくなれる」

彼女への愛撫を続けながら、右手ではシャイナさんの爆乳を揉みほぐしていた。

「あっ、ひゃうっ！　やぅ、手つきがいつもよりエッチになってるっ！」

「やっぱりシャイナさんの胸は大きいですねぇ、すごく揉み応えがありますよ」

俺は右手から伝わってくる生乳の感触に思わずにやけてしまう。

片手だけでは覆いきれない爆乳。それも、お姫様のロイヤル爆乳だ。

ふつうの人間では絶対に触れられない高貴な肢体を、思う存分味わっていることに興奮を隠しきれない。

それでいて感度も鈍くないのだから最高だった。

「シャイナさんの乳首、硬くなってますね」

「あう、やんっ！　そ、そんなに見ないでっ！」

恥ずかしそうに顔を赤らめる彼女を見て、もう少し責めてみたくなってしまう。

「そんなこと言って、ますます硬くなってますよ？　片方だけだと不格好ですし、もう片方も同じようにエッチにしてあげましょうね！」

「そんなっ……あくぅぅっ！　ほんとにそっちも……あひっ、んくぅぅっ！」

俺の手が動くたびに爆乳がゆがみ、乳首を擦るとシャイナさんが全身を快感に悶えさせる。

腕一本で彼女を支配している気分になって、俺もいい加減興奮が溜まってきていた。

そのとき、真下から見上げてくるステラの物欲しそうな視線に気付く。

「うぅ……エド、まだなの？　わたし、もう我慢できないよっ！」

彼女は左右でふたりが愛撫されているのを見て、耐えられなくなったのか自分を慰めていた。

すでにクチュクチュと嫌らしい音が響き、かなり濡れているのが分かる。

「ごめんな、ちょっと手が足りなかったんだ」

「もういいから、早くちょうだいっ！」

ステラは興奮と羞恥心で顔を赤くしながらも、ゆっくり足を開いて俺を誘う。

自分の指を迎え入れるほど濡れていた秘部が、ヒクヒクと震えながら待ち受けていた。

そこに、俺は三人の痴態を見て準備万端になった肉棒を押しつける。

「んんっ！　これ、エドの……はぁ、はぁっ……もういいから……ねっ？」

彼女は息を荒くしつつも、片手で俺の肉棒に手を添えて膣内へ導いてくる。

手で余計な刺激はせず、一刻も早く中にきてほしい気持ちが伝わってきた。

「ああ、入れるぞステラ。くっ……」

俺は望みどおり腰を前に進めてやる。

肉棒の先端がズブズブと膣内に飲み込まれていき、それに合わせて彼女の体が震えた。

「あひっ、はぁっ、ううぅっ！　すごいっ、熱いのがどんどん入ってくるのが分かるよぉっ！」

「ああ、ステラの中も奥に進めば進むほどエロくなってく！」

愛液の量は十分すぎるほど。それ以上に驚異的だったのは、膣内全体の動きだ。

俺の肉棒が奥へ進むたび、触れた場所が活性化したように蕩けていく。

さらに肉ヒダが絡みついてきて、まるで肉のカーテンを押し広げながら進んでいるようだ。

「んぐっ、はひっ！　お、奥まで来てるっ！」

「このままステラの中、全部犯してやる」

肉棒が最奥まで到達すると、俺は大きく腰を動かし始める。

「あうっ、やっ、はううぅ！　駄目っ、そんなに激しく……きゃひっ！」

肉棒がグイっと肉ヒダをすりつぶすように動くと、ステラの口から嬌声が上がる。

けれど、俺は構うことなくピストンを続けた。

すでにだいぶ興奮しているようで、膣内はドロドロだ。

動くたびに気持ちよくなって、もう止まれない。

「くっ、はぁっ……どう犯しても気持ちよくなってくるぞ……ほんとにステラの中は最高だなっ！」

「だって、ずっとエドにされてたからっ！　あうっ、またっ……ひぃ、はうぅぅっ!!」

肉棒を奥まで突き込むと、膣内全体が抱擁してくる。

抱擁されるままにじっとしていても気持ちいいけれど、無理やり動くとさらに刺激がきてたまらない。もちろん、それでステラが痛みを訴えるようなことはなかった。

膣内はもう完全に俺の形を覚えていて、どこをどう突かれても気持ちよくなるようにできている。

「あう、くぅ……こんなのっ、わたしばっかり気持ちよくなっちゃうっ！」

犯されて継続的に快楽を送り込まれているステラは、すでに涙目だった。

まだ喋る余裕くらいはあるみたいだが、体は完全に快感を受け入れている。

俺が腰をぶつける度に興奮が高まって、精液を搾り取ろうと膣内がうごめいた。

「うぉっ、また中が……そんなに欲しいのかよ！」

「か、体が勝手にやってるの！」

そう言いつつも、ステラはどことなく嬉しそうな表情をしていた。

このまま素直になるまで犯してあげてもいいけれど、少し意地悪をしたくなる。

「そうか？　じゃあ、待ちくたびれているふたりがいるから、ステラは後回しだな」

「えっ!?　ちょっ、あぁっ！」

肉棒を引き抜くと、その刺激で彼女がまた嬌声を上げる。

けれど、俺はそれを無視しつつノエルに手を出した。

「今度は指じゃなく、これを入れてやるからな」

秘部に肉棒を突きつけられた彼女は、嬉しそうに頬を緩ませる。

「は、はいっ！　きてください師匠っ……あう、きゃっ……あうぅぅっ!!」

肉棒がズルンと膣内に潜り込み、そのまま子宮口まで突き上げる。

俺はノエルの腰を掴み、一気に挿入していった。

「かひゅっ!?　あふっ、はぁっ……師匠の、全部入ってますっ……」

「ノエルの中も短い間に成長したなぁ……すごく気持ちいいよ」

ギュウギュウとキツめの締めつけは残しつつ、肉棒の挿入に耐えうるよう拡張されていた。

俺が腰を前後に動かすと、それに呼応するように膣内も締めつけの強弱を変えていく。

奥まで挿入すれば奥で、ぐっと腰を引けば入り口で、最適な刺激を与えてきた。

「ノエルは料理の腕だけじゃなくて、こっちも才能があるな」

「はぁ、うっ、そんなこと言われると恥ずかしいです……」

彼女は顔を赤くして視線を逸らす。

けれど、すぐ俺の目を見つめなおして、躊躇《ためら》いがちに口を開いた。

「し、師匠は……エッチな女の子のほうが、好きなんですか？」

その言葉に、俺は言いようもない嬉しさを感じてしまう。

そして、それに頷いてしまえばノエルはもっと淫らになっていくだろうという背徳感も。

「……そうだな、もちろんエッチな女の子は好きだ。でも、ノエルは素のままが一番素敵だと思うぞ。感じてる姿も魅力的だし」

「えっ……あぅ……」

彼女の顔がさらに赤くなり、膣内が嬉しそうにキュッと締めつけてきた。

その可愛さに耐えられなくなり、俺はまた腰を動かして犯してしまう。

「あひうっ！　ひゃ、んんっ……また、激しっ……あぁあぁあぁっ!!」

「ノエルッ……！」

俺はそのまま彼女を犯し続け、徐々にその体が高まってくるのを感じた。

呼吸が荒くなって胸が動くとともに、大ぶりな乳房が揺れ、熱い吐息がここにまで届きそうだ。

「師匠っ！　わ、私……このままじゃ……！」

「イってしまいそうか？」

「私だけなんて駄目です……」

彼女はそう言いながら、横にいるステラのほうに視線を向ける。

「ノエルちゃん、わたしたちのことは気にしなくていいのに」

「でも、なんだかずるい気がしてっ」

「ノエルは大人だなぁ。じゃあ、少し待っていてくれるか？」

「はい」

頷いた彼女から離れると、待ちかねたように熱い視線を向けてくるシャイナさんへ向かう。

彼女は隠すことなく濡れた秘部を見せつけて、俺を誘惑していた。

「エド君、はやく……あうっ!?　ひゃ、やっ、んんっ、指がぁっ！」

「ノエルは大人になってるのに、シャイナさんのここはわがままみたいですね？」

挿入する前に少しだけ指で弄ってあげる。

すると、呆れるほど濃くて大量の愛液が膣内からあふれ出してきた。

「シャイナさんは胸しか触れてないのに、こんなに濡らしてるなんて……とんだ変態ですね」

「エド君のいじわるっ！」

彼女は少し子供っぽく頬を膨らませると、こっちへ手を伸ばしてきた。

「お願い、早くちょうだいっ！　じゃないと、本当に拗ねてしまうわよ？」

「そう焦らなくても、たっぷり味わわせてあげますよ！」

俺は彼女の足を掴んで大胆に広げさせると、遠慮なく挿入していく。

「きゃふぅっ！　あぐっ、あぁぁっ！　凄い、硬いのが入ってきてるのぉ！」

シャイナさんは挿入と同時に甲高い嬌声を上げた。

嬉しそうな笑みを浮かべながら、もっと奥まできてと肉棒を締めつけてくる。

「ほんと、シャイナさんはエロいですよ」

「半分くらいはエド君のせいなんだからね？」

「残り半分は自分だって自覚はあるんですね」

俺の言葉に、彼女が恥ずかしそうな表情をして顔を反らした。

軽口を叩きつつもしっかり腰は動かし、シャイナさんを犯していく。

「んくっ……はぁ、んうぅっ！　エド君、もっときてっ！　一緒に気持ちよくなりたいのっ！」

スイッチが入ったシャイナさんは遠慮というものを知らない。

俺の腰に足を巻きつけて、ピストンを促してくる。

「ひゃうっ！　いいわ、すごく気持ちいいのっ！　奥までっ、ゴリゴリって削られちゃうっ!!」

硬く勃起した肉棒が膣内を刺激するたびに、気持ちよさそうに喘ぐシャイナさん。

だが、否応なく俺に声を上げさせられているというよりは、自分が気持ちよくなるために声を出している部分もあるようだ。ただそれを見ると、俺の中の征服欲が刺激されてしまう。

「もっと純粋に、快楽一色の声を上げさせてやるっ！」

俺は腰を動かしながら、ピストンに合わせて揺れる爆乳に右手を伸ばした。

「はぐっ、はぁっ……あひっ!?　エド君、何を……くひゅうっ!?　やっ、ひゃううううぅぅっ!!」

こっちも遠慮せずに、乳房を鷲掴みだ。

さっき愛撫したときの熱が残っているのか、彼女はすぐ感じ始めた。

「セックスしてるのに、おっぱいまでなんてっ！」

「こっちのほうが気持ちよくなれるでしょう？」

俺はそう言うと、後はシャイナさんの声を無視してひたすら責め続ける。

腰を動かして子宮口を突き上げながら、たわわに実った乳房を蹂躙していく。

どちらも数年にわたって開発されてきているから、とても感度が良い。

「ふぐっ、あうううぅぅぅぅっ！　駄目っ！　一緒には耐えられないのっ！　あぐっ、ああああぁぁあぁぁぁっ!!」

シャイナさんの腰が震え、膣内がグニグニと無差別に動く。

彼女の中からどんどん余裕が失われていくのを感じて嬉しくなった。

「いいですよ、俺はシャイナさんが乱れる姿を見たかったんだ。その代わり、もっと気持ちよくしてあげます」

聞こえているかはわからないが、優しく語り掛ける。

そして、そのまま体を前のめりにすると、空いているほうの胸に吸いついた。

「んひぃぃっ!? やっ、そっちまでぇ！　駄目って言ってるのにっ……はひっ、ふっ、きゅふううぅぅぅっ！　はぁっ、やぁああっ!!」

もはや先ほどまでのような、俺を誘惑していた余裕はない。

肉棒の一突き、指先の愛撫、舌の一舐めごとに彼女の全身が快楽に震える。

表情もトロトロに蕩け切って、とても俺好みだ。

「ひぃ、ひぃぃっ……こ、こんなのすぐイっちゃうわっ！　我慢できないのっ！」

「好きなだけ気持ちよくなってください。でも、イかせるタイミングは俺が決めますけどね」

「ううっ、いじわる……でも気持ちいいっ……はぁ、んうぅぅ……ひはぁっ！」

シャイナさんが次々に訪れる快楽に身悶えしていると、横から声をかけられた。

「……ねえ、エド」

ステラだった。

さっきよりも熱くなった視線で、何か言いたそうにこっちを見ている。

何が言いたいかはわかりきっているけれど、わざわざ問いかけた。

「なんだ、何かしてほしいのか？」

「もう、焦らすのはいいでしょう？　わたしだって、我慢できないんだからっ！」

彼女の目が次第に潤み、感情があふれ出しそうになっているのがわかる。

ふと見てみると、腕が股間に伸びてまた自分を慰めていた。

どうやら、番が回ってくるまで我慢できなかったらしい。

「そんなにしてほしかったのか。じゃあ、期待に応えないとな」

俺はそう言うと、シャイナさんから離れる。

そして、少し腰を引くと改めて三人を見下ろした。

ステラ、ノエル、シャイナさん。

三人それぞれ一糸纏わぬ姿で、俺に抱かれて快楽で蕩けている。

後はもう、トロトロな彼女たちにトドメを刺すだけだ。

俺の中でメラメラと欲望の炎が燃え上がる。

「全員、気を失うまで可愛がってあげるからな」

俺は一つ深呼吸をして息を整えると、三人に襲い掛かった。

「エド……あっ、あふぅぅっ！」

まずは真正面にいたステラに挿入して、そのまま激しく突き解す。

もう中はトロトロなので遠慮はいらない。彼女も一突きごとに、気持ちよさそうな嬌声を上げていた。そしてもちろん、ほかのふたりも忘れていない。

「師匠っ！　ああ、きゅふううっ！　ああそれっ、胸も気持ちいいですっ！」

「こっちも一緒にっ!?　あぐっ、はぁっ！　ホントにイかされちゃうわっ！」

今まで触れていなかった場所も愛撫しながら、順番に犯していく。

「あひっ、あうぅぅっ！　師匠のが奥まできて、お腹の中がどんどん熱くなってきますっ！」

「はぁ、んぐぅっ！　わたくしも、もうイキそうなのっ！」

もともと高まっていたふたりの興奮も限界に近づいていく。

部屋の空気も一気に熱くなってしまう。

俺が腰を動かす度に、誰かしらの嬌声が聞こえる。

まったく最高のハーレムプレイだった。こんな気分、王様でもそうそう味わえないだろう。

そして、やがてその極上の時間にも終わりがやってくる。

「あう、はぁ、はぁっ、エド、最後に一緒にイって！」

ステラがそう言いながら、左右にいるノエルとシャイナさんを抱き寄せる。

彼女たちも、ステラを中心に身を寄せ合った。

「エド君、溢れるほどたくさん中に出してね？」

「し、師匠……お願いしますっ！　私も一緒にっ！」

俺が一緒に中出ししやすいようにという配慮に、腰の奥から熱いものがせり上がってくるのを感じる。

「お前たち、そんなに孕ませてほしいのか？　いいぞ、お望みどおり溢れるほど注いでやるっ！」

俺は遠慮することなく思い切り腰を振り、ラストスパートに入った。

肉付きのいいお尻に思いっきり腰を叩きつけて、欲望のままに犯していく。

「はぁはぁ、はぅんっ！　エド、エドッ！　全部出してっ！　種付けしてぇっ!!」

「はうっ、ひいぃぃぃぃぃっ！　イクッ、もうイっちゃうの！」

「師匠の子種、たっぷり中にください！　ひゃあっ、イキますっ、もう……うううううっ!!」

三人の体が強い興奮で限界まで高められ、どうしようもなく男を求めている。

その光景に俺はかつてないほど興奮し、股間のものを昂らせた。

「はぁ、はっ……イけ、三人とも俺のモノだって証を注ぎ込んでやるっ！」

息を荒くしながら強い感情を込めてそう言い、彼女たちの中へ欲望を流し込んだ。

「ああっ!?　きたっ、エドのが……イックウウウゥゥッ!!」

「またイかされちゃうっ、ひゃっ、あぐううううぅぅぅぅっ!!」

「師匠の、熱いっ……はぁ、ひぃっ、イクッ……イクゥゥッ!!」

三者三様に快楽に身を震わせながら、吐き出されたものを受け入れる。

俺は、その光景をぼうっとしたまま見つめ続けるのだった。

エピローグ　ランダル食堂の平穏は続く

王宮でのパーティーから一ヶ月ほどが過ぎた。

あれからもランダル食堂は変わらず営業を続けている。

「三番テーブルにオムレツ二つね！」

「はいよ、すぐとりかかる」

「あっ、ステラさん！　五番テーブルのハンバーグ定食が出来ましたよ！」

キッチンの俺とノエル、そして食堂のステラ。

三人での営業にもすっかり慣れていた。

ノエルが入ったことで余裕もで出来たし、新しいサービスも始めたほどだ。

「こんにちはステラちゃん、野菜炒め弁当を八つ頼むよ」

「あ、親方こんにちは！　エド、追加注文！」

「聞こえてたよ！」

新たに始めたのは、弁当のテイクアウトだ。

お昼時限定だけれど、これがなかなか好評だった。

すぐ渡せるようにメニューは作りやすいものに限定しているけれど、それでもなかなかの人気だ。

そして、このサービスには少し裏もある。

通常の営業が終わった夜、店の勝手口に身ぎれいな男が立っていた。

後ろには馬車が停まっていて、貴族の従者といった感じだ。

そんな彼のもとに、俺は弁当にした定食を運んでいく。

「はい、ハンバーグ定食三つと角煮定食二つですね」

「確かに受け取りました。では」

「ええ、今後とも御贔屓にお願いします」

あの夜のパーティー以来、いくつかの貴族から、うちに来て料理を作ってくれないかという依頼があった。

どうやら、パーティーで出した料理をたいそう気に入ってくれたらしい。

だが高貴な身分の人間が、大っぴらに街角の食堂を訪れるわけにはいかない。

なので、俺たちのほうを呼び寄せようというのだろう。

ランダル食堂の料理を評価して、もう一度食べたいと思ってくれるのは素直に嬉しい。

しかしながら、料理は魔法も使うことがあるので訪問調理はやりたくない。

万が一にも、使っている魔法から正体がバレないとも限らないからだ。

そこで、料理のテイクアウトを始めることになった。

昼間は人の目があるので、こうして営業が終わった後にこっそり受け取りに来てもらっている。

多少手間はかかるけれど、これで喜んでもらえるなら万々歳だ。

それに、こっちは昼と違って店の全メニューから選べる代わりに、割り増し料金を貰ってるしな。

「ふう、終わったぞ……って、シャイナさんも来てたんですか!?」

二階のリビングに行くと、いつの間にやってきたのか彼女の姿があった。

「ええ、お邪魔しているわ。今日は片付けなくちゃいけない書類が多くて遅くなってしまったわ」

ふぅ、とため息をつきながら言うシャイナさん。

彼女の臣籍降下の件だけれど、やっぱり父親である国王陛下と揉めていた。

伝統ある王国の王女が、王室から離れて庶民に嫁ぐなんてありえないってな。

それでも、当初は絶対反対だったのが、俺が相手だと知ってからは少し態度が軟化したんだ。

バーミンガム王国としても、新しい勇者の血を王室に入れられるチャンスは逃したくないらしい。

将来的には俺とシャイナさんの子供を、他の王子の子供の伴侶として迎え入れたいとか。

まあ、従兄弟同士の結婚なら問題はないのかな？

「エド君は、まだ仕事だったのかしら？」

「ちょっとだけ残業ですよ。貴族様相手のテイクアウトでね」

それからふたりで適当に会話をしていると、ステラとノエルもやってきた。

どうやらシャワーを浴びていたらしく、少し髪が濡れている。

「シャイナさんも来てたんですか。いらっしゃい！」

「こんばんはふたりとも。お邪魔しているわ」

それからは彼女たちも混ざって、四人で雑談することに。

時間を見て俺やシャイナさんもシャワーを浴びると、自然と四人で寝室に移動していく。

俺がベッドに腰かけたところで我慢できなくなったのか、シャイナさんが抱き着いてきた。

「エド君っ！」

「うおっとと……危ないですよ」

「でも、わたくしだけはまだ、一週間に数えるほどしか会えないんだもの。前より多くなったとはいえ、寂しいわ」

彼女はそう言うと、そのままキスしてきた。

「んんっ、ちゅぱぁ……んく……れろ、くちゅ……！」

唇を重ねるだけでは足りず、舌も絡めてくる。

普段の清楚な彼女からは考えられないほどエロいキスだ。

「んぐ……シャイナさんのキス音、部屋中に響いてますよ」

「恥ずかしいわ。でも、止められないんだもの」

そう言いつつまた口をふさいでくる彼女。

もう我慢する気はゼロらしい。

欲望のままに俺と交わろうとしてくる。

そんなとき、ふと隣から声をかけられた。

「シャイナさん、凄くエッチだよね。慣れてるわたしたちが見えても恥ずかしくなっちゃうくらい」

声の主はステラだった。

シャイナさんがキスしている間に、ベッドに上がってきたらしい。

俺の体に寄り添いながら、股間に手を伸ばして愛撫してくる。

「師匠、私も混ぜてくださいっ」

そして、反対側には当然のようにノエルが陣取る。

こいつもなかなか遠慮がなくなってきたな。

まあ、自信がつくのは良いことだ。

思い切りは新しいメニューを考えるときも必要だし。

「んぷっ、ちゅ、じゅるっ……エド君、もっと……」

「シャイナさん、そろそろストップですよ」

このまま放っておくと永遠にキスを続けていそうな彼女を何とか引き離す。

シャイナさんは少しだけ不服そうな顔をしたけれど、それ以上迫ってはこなかった。

「今夜も三人相手か、なかなか疲れそうだな」

魔法を使って身体能力を強化すれば問題ないんだろうけれど、味気ない。

お互いに素のまま相手を感じられるのが一番だった。

「三人とも、脱いでくれる?」

「まあ、エド君の目の前で？　ふふ、エッチ♪」

正面にいたシャイナさんは、そんなことを言いながらも真っ先に手を動かす。

同時にステラとノエルも、同じように服を脱ぎ始めた。

シャツに、スカートに、下着に……服が次々と床やベッドに落ちていく。

その度に俺から見える肌面積が増え、股間に血が集まっていった。

やがて彼女たち三人が全裸になると、それに合わせるように肉棒が限界まで立ち上がる。

「まあ、もうこんなになってるなんて！」

「まだ触れてもいないのに、すごいです……」

シャイナさんの言葉にノエルが顔を赤くしながら続ける。

ちょうどそのふたりが体を近づけていたので、これ幸いと標的にすることに。

「じゃあ、今夜はまずふたりに相手してもらおうかな」

俺は彼女たちの腕を掴むと、それぞれベッドへ引き上げた。

「あ、きゃっ！　エド君、どうするつもり？」

「ふたり相手だから、そうですね……こういうのはどうでしょう？」

両腕に抱いた彼女たちを、順番にベッドへ押し倒していく。

まずはノエルを仰向けに。

そして、彼女の上でシャイナさんに四つん這いの恰好をさせた。

これで、俺の目の前にふたりのお尻が重なる形で並ぶことになる。

「あうっ……し、師匠、これすごく恥ずかしいです！」

「わたくしたち相手に一度で楽しむぞって考えが丸見えね♪」

ノエルは裸で向かい合う姿勢に羞恥心を感じているようだ。

逆にシャイナさんだと、このくらいのプレイではうろたえない。

俺は彼女たちの姿に更に興奮しながら、肉棒を取り出す。

「ふたりとも、このまま入れるぞ」

「ええ、きてっ！　エド君に思いっきり抱いてほしいの！」

「師匠、私にもください。私も、師匠とエッチしたいです！」

ふたりに求められて、俺は腰を前に動かす。

「あくっ、入ってくるっ……ひゃううううぅぅぅっ！」

まず挿入したのは、何日もお預けを食らっていたシャイナさんだ。

遠慮せず肉棒を奥へ進めると、しっとり濡れた膣内が出迎える。

「うおっ、入れたばっかりなのに絡みついてくるっ！」

「も、もっと奥まできて！　遠慮しなくていいからっ、いっぱい欲しいのっ！」

シャイナさんはお尻をビクビクと震わせながらもそう求めてくる。

俺はその望みをかなえるように、一気に肉棒を深くまで埋め込む。

「はぐぅっ!?　はひっ、深いぃぃっ！　お腹の奥まで犯されてるっ！」

「シャイナさんがしてくれって言ったんですよ。どうです？　気持ちいいですか？」

そう問いかけながらも俺は腰を動かし始めていた。

完全に開発されきった膣内は、こんなピストンも楽々受け止めてくれる。

そして、与えられた刺激を快楽に変換して脳みそに送り届けた。

「ううっ、はあぁぁっ！　気持ちいいのっ！　頭が真っ白になるくらい気持ちいいわっ！」

「よかったですよ。もっと犯してあげますからね！」

両手で彼女のお尻を掴み、リズムよく腰を打ちつける。

パンパンと肉を打つ乾いた音が部屋に響き、さらに興奮が高まった。

「エド、わたしを置いてけぼりなんて寂しいじゃない……」

「ステラ？　おっ、く……んぅっ！」

俺が目の前のシャイナさんに集中しているよ、横から奇襲された。

ステラが俺の腕を抱きしめ、熱烈なキスをしてきたんだ。

たっぷり唇を合わせると、満足したのかようやく解放してくれる。

「下でふたりの相手をしているんだから、唇はわたしのものよね？」

そう言って笑みを向けられると、俺は嫌とは言えない。

「ああ、そのとおりだな」

「ふふっ、じゃあもう一度キスしましょ？」

彼女が目をつむると、今度はこっちから唇を奪う。

その最中も腰は動いてシャイナさんを犯していた。

「はむ、はぁっ……そろそろ弟子にもかまってやらないとな」

「あふっ、はひぃ……体、溶けちゃうかも……」

さんざん犯されたシャイナさんは全身に汗をかき、秘部からはトロトロと愛液を垂らしていた。

一旦腰の動きを止めると、肉棒を引き抜いてノエルの秘部に押し当てる。

「ひゃうっ!?　し、師匠の……熱い……」

「今の今までシャイナさんの中を蹂躙してたやつだ。嫌か？」

「いいえ、欲しいです。わ、私もシャイナさんみたいにしてくださいっ！」

「言ったな？　後悔するなよ」

ドロドロの肉棒を彼女の膣内に押し込んでいく。

「んんっ！　あふっ、はひっ……あううぅぅぅっ！」

「ノエルの中は相変わらず狭いなぁ……でも、そこが気持ちいいぞ」

膣内の具合を確かめながら、ゆっくり腰を動かしていく。

「あひ、あうぅ……お腹の中、ぐるぐるしますっ！」

ノエルは両手でベッドのシーツを握り、衝撃に耐えているようだ。

すぐにその顔をシャイナさんみたいに蕩けさせてやろう。

「ほらっ、奥のほうも突いてやるぞ！」

「ひあっ！　くっ、あぁあっ……熱いの、昇ってくるぅ！」

肉棒で中をかき回すたび、どんどん愛液があふれ出してくる。

おかげでますますピストンしやすくなって、ノエルの性感も高まっていった。

「そろそろいい具合だな。ここからはふたり一緒にだ！」

ノエルの中から肉棒を引き抜いて、今度はシャイナさんの中へ。

数回だけピストンしたら、またノエルの中へ戻ってみる。

具合の違うふたつの膣内を行き来して、その贅沢さに興奮が沸騰しそうだ。

「はぐっ、はぁはぁ……んんっ、相変わらず凄いわ。わたくしの体、エド君にどんどん淫らになっちゃう」

「ひゃぁぁんっ！　はっ、ひぅ……師匠、私でちゃんと気持ち良くなってくれていますか？　シャイナさんに負けないように頑張りますからっ！」

抱き合った美女ふたりは俺の情欲を受け止めつつ、さらに淫らになっていく。

もっともっと言葉を交わして、気分を盛り上げたい。

ただ、彼女たちへ返答しようにも唇はステラに塞がれていた。

「ん、ちゅむっ、はぅ……そっちはふたりに任せてるんだから、こっちは放さないわよ？」

楽しそうに笑みを浮かべながら、積極的に舌を絡ませてくる。

俺のほうからもキスしながら、片手をステラの肩に回して抱き寄せた。

抱き寄せたことで柔らかい乳房が押しつけられ、潰れる感触も気持ちいい。

「ステラ……」

「エド、もっと抱きしめて。その分わたしもご奉仕するから。ね？」

求めるとおりにすると、ステラはうっとりとした顔になった。

その表情を見て欲望を高めながら、昂った肉棒でシャイナさんとノエルにも満足してもらうため腰を使う。

大変だけれど、彼女たちに求められ、それを満たしていくのはこの上なく充実していた。

おかげで互いの興奮は、絶頂までの階段を数段飛ばしで駆け上がっていく。

「あひっ、はぁ、はうぅぅっ！　駄目っ、もう限界よ！　イクッ、あああぁぁっ！」

シャイナさんが一際大きな嬌声を上げて肉棒を締めつけてきた。

「んはぅっ、はぁはぁっ……師匠っ、私もですぅ……」

ノエルも体の自由が効かないくらい感じているらしく、熱っぽい視線を向けてくる。

「エド、そのまま射精して。ん、ちゅっ……ずっとキスしたまま、ふたりに中出ししてあげて？」

ステラまで興奮した表情になりながら、変態的な要求をしてくる。

「……ああ、いいよ。三人とも覚悟しろっ！」

俺も自分の興奮が限界に近いのを感じで、思い切り腰を振った。

腹の奥から熱いものがせり上がってくる感覚がするけれど、抑えようとは思わない。

「ひぃっ、はぁぁぁっ！　出してっ、出して出してぇっ！　駄目っ、イックウウゥゥウウウ!!」

「師匠っ、ししょうっ！　イキますっ、イクッ、あああぁっ！　ひぃいいぃぃいいいぃぃいっ!!」

「ぐぉっ……!!」

ふたりが絶頂するのに合わせて、俺も射精した。

「はぶっ！　んぐ、じゅるるるっ！　んぐ、じゅれろっ!!」

それと同時に、ステラが思いっきり濃いキスをしてくる。

射精中の俺は、それを受け止めるので精一杯だ。

上も下も気持ちよくて、全身が快感で溶けだしそうになる。

その姿勢のまま硬直して、なんとか動き出せるようになったのは数分後。

力なくベッドに座り込み、同じように脱力している三人に目を向けた。

シャイナさんとノエルは折り重なるように横になり、ステラは俺に寄り掛かっている。

「はぁ、はぁっ……みんな、最高だったよ」

そう言うと、彼女たちも笑みを浮かべて応えてくれた。

俺はステラの腰を優しく抱きながら、四人でのこの幸せな生活が、いつまでも続けばいいと願うのだった。

あとがき

みなさま、ごきげんよう。愛内なのです。

今回も再びキングノベルスで書かせていただくことになりました。

いわゆるセカンドライフもののストーリーになっています。

異世界転生し、勇者としての使命を果たした彼がのんびりと第二（第三？）の人生を過ごします。

よく第二の人生だと田舎に帰って……という展開が多いですけれど、都会で今までとは違う新しい暮らしを始めたりするのも、良いんじゃないかと思います。何より便利ですしね。


さて、例によってですが今回もハーレムです！

のんびり暮らすにしても、傍には可愛い女の子が多いほど嬉しいですからね。

まずは勇者として活動し始めたときからの相棒、ステラです。

金髪ポニーテールにちょっとお転婆な感じで、面倒見も良い。さらに神殿育ちで聖女の称号持ちと、ちょっと属性盛り気味な感じはありますが、主人公への感情はいたって普通の年頃の女の子っぽく、そこにギャップがあっていいんじゃないかと思います。

次は勇者として旅する主人公たちを、ずっと影から支えていた王女様のシャイナ。

お淑やかで言葉遣いも丁寧で、けど親しみやすいところもある綺麗なお姉さん。けど、主人公に対してはちょっと熱っぽくなってしまう部分もあって、そこが可愛いですね。

さらにここへ、食堂への弟子入りを希望しにひとりの少女がやってきます。

彼女、ノエルは主人公が第二の人生のホームとした食堂にやってくる料理人の雛鳥です。

主人公とその料理に感銘を受け、一生懸命勉強しようとしている姿が、うまく書けていたらうれしいです。

これらのヒロインをデザインしていただいたのは「KaeruNoAshi」さんです。以前もイラストを担当していただいたのですが、今回もとても素敵なキャラクターをデザインしていただきました！

表紙はもちろん、挿絵はどれも素敵なので、ぜひ堪能してくださいませ！


そして、今回も執筆にあたって様々な方のご協力をいただきました。

担当編集さん。毎回になりますがいくつも的確なご指摘をいただいて感謝しております。

そしてイラストレーターの「KaeruNoAshi」さん。ステラをはじめ三人のヒロインたちを個性豊かに、そしてとても可愛くエッチに描いていただいて感激しています！　ありがとうございました。

最後に、この本を手に取ってくださった読者の皆様。

今回も、皆さまが応援してくださっているおかげで、こうして無事本を出すことができています。

これからもご声援に応えられるよう頑張ってまいりますので、よろしくお願いいたします。

それでは、バイバイ！

二〇一九年七月　愛内なの

キングノベルス
引退《いんたい》した転生勇者《てんせいゆうしゃ》のまったり食堂《しょくどう》ライフ！
～ドスケベなハーレムライフなんて最高《さいこう》かよ！～

2019年 9月 27日　初版第1刷 発行

■著　　者　　愛内なの
■イラスト　　KaeruNoAshi

発行人：久保田裕
発行元：株式会社パラダイム
〒166-0011
東京都杉並区梅里2-40-19
ワールドビル202
TEL 03-5306-6921

印 刷 所：中央精版印刷株式会社

KN070

KiNG novels
愛内なの
Nano Aiuchi
illust:KaeruNoAshi
育ち盛りの姫様と、
のんびり最強!なってみた!!
成り上がり
S級魔法使いは
異世界で
世界最強を目指す
転生者スティドは男爵家の長男でありながら、希代の才能とチート知識を持つ魔法使いとなった。貴族家に伝わる「継承魔法」が絶対の権力を生む異世界で、王女オーレリーの家庭教師となった彼は、慕ってくれる美女たちとの幸福な未来を目指して、ゆるーい決意で最強に挑む!?